JEFE BRUTAL

LOS HERMANOS BRATVA
LIBRO 1

WILLOW FOX

SLOWBURN
PUBLISHING

SOBRE EL LIBRO

Sé lo que se siente al ser traicionado. Y cómo castigar a la gente por ello.

No llegas a donde estoy yo, a la cima de la infame bratva de Nueva York, sin hacer al menos un par de enemigos.

Y yo he hecho mucho más que eso.

Puede que intente proteger a la gente de estafadores y de esos bastardos del cártel, pero eso no significa que yo sea mejor que ellos. Cuando las luces se apagan, ni siquiera puedes diferenciarnos.

Madisyn desde luego no puede.

La primera vez que la vi en el Steele Concierge Medical pensé que solo era una enfermera. Inocente. Ingenua. Desprevenida.

La segunda vez que la vi, justo delante de mi complejo, bajo una lluvia torrencial, creía que era una mera coincidencia. Su coche se había averiado y estaba indefensa. Despistada. Vulnerable...

Ahora sé que es todo lo contrario.

No llegas a donde estoy yo sin ser un salvaje manipulador. Y Madisyn acaba de meterse con el jefe mafioso equivocado...

JEFE BRUTAL es un ardiente romance de enemigos a amantes de la mafia rusa, sin infidelidades, sin finales abiertos y con felicidad garantizada.

«Los hermanos bratva» fueron presentados anteriormente en «Voto despiadado» (Matrimonios de la mafia, libro cinco), pero no es necesario leer «Voto despiadado» antes de leer cualquiera de los libros de la serie «Los hermanos bratva».

CAPÍTULO UNO

MADISYN

DE PIE FRENTE a Steele Concierge Medical, miro hacia arriba al alto edificio blanco que se alza sobre mí. Me siento pequeña e insignificante en comparación, pero mi contribución es más que solo como enfermera.

—¿Esperando algo? —pregunta Hannah.

Doy un sorbo a la taza de café que tengo en la mano.

—¿A que me haga efecto la cafeína? —En realidad estaba esperando a mi colega del FBI, la Agente Especial Savannah Blakely, para hacer contacto. Nunca apareció en la cafetería.

Hannah me agarra del brazo y me arrastra por la

puerta principal, ajena al hecho de que trabajo en secreto para el FBI como enfermera forense.

Mostramos nuestras identificaciones a seguridad antes de que nos concedan acceso más allá del vestíbulo hacia los ascensores.

—Mira qué bombón en la posición de las seis —me susurra Hannah mientras nos acercamos al largo pasillo de ascensores. Hay ocho ascensores, cuatro a cada lado, lo que hace que nadie tenga que esperar demasiado para subir a su planta.

Supongo que cuando pagas veinticinco mil dólares por persona como cuota anual de inscripción, lo mínimo que pueden hacer es no hacerte esperar mucho para ver a tu médico.

Miro discretamente en la dirección que Hannah sugiere. Un caballero con barba oscura y desaliñada, ojos oscuros y tatuajes que cubren sus brazos, pecho y hasta el cuello, encuentra mi mirada.

Es Mikhail Barinov, mi objetivo.

¿Es por eso que Savannah me dejó plantada esta mañana? ¿Lo vio entrar al edificio camino a la cafetería?

No esperaría un mensaje o llamada de ella. Mi móvil proporcionado por el FBI está en mi escritorio, en la ciudad. Tengo un móvil desechable que la agencia me proporcionó, y Savannah tiene órdenes directas de no usar ese número. El contacto entre nosotras se mantiene al mínimo.

—Está buenísimo, ¿verdad? —dice Hannah con una sonrisa pícara—. Espero que acabe siendo uno de mis pacientes hoy. Me encantaría hacerle un examen físico completo.

—Nunca pensé que te gustaran los chicos malos con tatuajes —digo. Ella tiene novio en casa. Es dulce, encantador y contable. No hay mucha fantasía en ese paquete.

Hannah es un rayo de sol, y Mikhail es sin duda un problema. Afortunadamente, ella solo está mirando y no va a pedirle su número de teléfono.

Las puertas del ascensor se abren con un timbre. Hannah cierra la boca, yo hago lo mismo, y entramos primero.

Mikhail también entra, con la chaqueta de su traje quitada y colgada sobre el brazo. Le acompaña un guardaespaldas o uno de sus hombres. Tiene media docena de guardaespaldas según la información que revisé antes de mi misión encubierta.

No reconozco específicamente al caballero, pero Mikhail pasó una temporada corta en prisión esperando su juicio. Es posible que haya hecho nuevos contactos y expandido su imperio.

Ninguno parece estar herido o enfermo a primera vista. Pero Mikhail y su amigo también podrían estar visitando a un paciente.

O tal vez está asegurándose de no haber contraído nada mientras estuvo entre rejas. ¿Quién diablos sabe por qué aparece hoy?

El hombre del prestigioso traje pulsa el botón del tercer piso. Hay una amplia variedad de médicos y consultas médicas en el tercer piso. No aclara el motivo de su visita hoy.

—¿Planes para el almuerzo? —pregunta Hannah, con su humor absolutamente alegre. Aunque me habla a mí, está devorando con la mirada al líder de la bratva. Estoy segura de que no tiene idea de quién es, o si lo supiera, pararía esto ahora mismo.

—Solo comer unos sándwiches con mi nueva mejor amiga —digo, dándole un codazo en el hombro—.

Suponiendo que podamos escaparnos durante una hora.

Hannah se ríe.

—Tienes suerte si consigues un descanso de quince minutos.

Mi primera misión es conectar con Mikhail sin parecer que realmente quiero hacerlo. Si él percibe que estoy desesperada, se dará cuenta de la farsa. Debe parecer genuino, por lo que él tendrá que dar el primer paso.

Es difícil de conseguir en el ascensor cuando no sabe nada sobre mí.

Pero me ha visto.

Ese es el primer paso.

Ahora que me reconocerá, con suerte, podré ganarme su confianza.

El ascensor suena, y Mikhail sale junto con su guardaespaldas, fingiendo que ni siquiera nos notó o reconoció nuestra existencia.

Excepto que sí me notó.

Su mirada se cruzó con la mía abajo, y aunque tengo que fingir que todo es profesional, hay algo ahí. Una chispa que no debería haber existido, y un despertar de sentimientos que hace que mi estómago revolotee y mi ritmo cardíaco se acelere.

Después de que las puertas dobles se cierran, miro a Hannah. No puedo decirle que es de la bratva, pero desprende esa vibra de chico malo.

—¿Tú y los chicos malos con tatuajes? —bromeo.

—Mis padres me enviaron a un internado. Supongo que todavía me estoy rebelando.

—Bueno, será mejor que lo saques de tu sistema. Cualquier día de estos, Mark te va a proponer matrimonio.

———

Nunca he estado en una misión encubierta profunda. Hice una incursión de una semana con el cártel Sánchez hace dieciocho meses, pero no me acerqué ni de lejos a su líder, y eso no es nada comparado con la ferocidad de la bratva.

Después del trabajo, vislumbro a la agente Blakely fuera. Savannah mantiene un perfil bajo, pero en cuanto nuestras miradas se cruzan, me hace la señal para la segunda fase de nuestro plan.

Mientras he estado trabajando diligentemente en el centro médico como enfermera, el equipo en la oficina de campo de Nueva York ha estado recopilando información sobre la bratva y reuniendo datos para analizar.

Me dirijo calle abajo para coger mi coche, destinado a averiarse de camino a casa. El vehículo se sobrecalentará y el motor morirá a pocas manzanas del complejo de la bratva, si tengo suerte.

Tenían que elegir el día más asqueroso, frío y lluvioso de la existencia.

Algunos días, mi trabajo es una mierda.

Salgo del aparcamiento y bajo por la calle. El tráfico es denso, algo común en Nueva York. Si no estuviera de incógnito, normalmente tomaría el metro desde mi casa hasta la oficina del FBI.

Pero como Madisyn Taylor, conduzco diariamente al trabajo en un coche usado que la agencia compró. Sorprendentemente, el vehículo aún conserva sus cuatro ruedas, pero tiene más de doscientos mil kilómetros y la carrocería exterior es un horror con su óxido y decoloración de la pintura.

¿Es que no pagan bien a las enfermeras del centro de conserjería? Parece que vivo con lo justo para llegar a fin de mes.

¿Es esa la impresión que quieren que Mikhail tenga? ¿Que estoy en la miseria y que sienta lástima por mí?

He memorizado las indicaciones hasta el complejo de la bratva, y la propiedad de alquiler en la que me alojo está ubicada a unos kilómetros más allá de la localización.

La lluvia golpea el vidrio, y enciendo los limpiaparabrisas, luchando por poder ver a pesar del temporal. No estoy deseando lo que viene a continuación.

Soy un manojo de energía nerviosa, que tengo que contener si quiero que esto salga sin problemas. Me he entrenado para este momento; trabajar de incógnito, ser capaz de soltar una mentira sin ser descubierta.

Avanzando por la carretera y alejándome del denso tráfico de la ciudad, se enciende la luz del motor en el salpicadero. Piso el acelerador un poco más, esperando poder llegar a mi destino antes de que el diluvio exterior me ahogue.

El motor tartamudea, y la luz del aceite se enciende a continuación. El FBI realmente quería asegurarse de que mi coche se averiara. El motor produce un horrible sonido de chasquidos y muere justo cuando me detengo a una distancia caminable de la valla del complejo.

Hubiera preferido estar un poco más cerca. Hay otras casas cercanas, pero no son el objetivo previsto.

Salgo del vehículo en medio de la tormenta. En segundos, estoy empapada. Estoy goteando, tiritando, y mi ropa se adhiere a mi piel.

Me apresuro hacia la garita de seguridad.

—Disculpe —digo. Me castañetean los dientes, y no estoy segura de que puedan entender las palabras que salen de mi boca.

El guardia abre la ventana de su caseta, deslizándola para responderme. Está fuera de la lluvia, seco como un hueso.

—Esto es propiedad privada —dice. Su voz es áspera y tiene un marcado acento ruso.

—Mi coche se ha averiado —digo, señalando el vehículo a unos metros de distancia. No estoy segura de si puede verlo o no desde su posición dentro de la caseta, pero no parece estar lo más mínimo preocupado por ayudarme.

—Prueba con tu móvil.

—Está muerto. —Saco mi móvil del bolsillo. Es un móvil más antiguo que la agencia me proporcionó, un modelo anterior que no parece dar la misma impresión que un móvil desechable. Lo último que quiero es atraer más sospechas hacia mí.

Si la batería no se agotó por completo antes, entonces el diluvio sin duda mató mi móvil. Se lo muestro al guardia de servicio.

Refunfuña y coge el teléfono fijo.

—Llamaré a una grúa para ti —gruñe.

Mientras estoy de pie bajo el frío, tiritando, empapada, con la lluvia que sigue cayendo, un SUV negro con ventanas tintadas se detiene ante la verja.

La ventanilla del conductor baja, y reconozco al hombre que vi antes en el hospital, el guardaespaldas. Mikhail Barinov está sentado en el asiento del copiloto.

El guardaespaldas no dice una palabra. No hace falta. Mi presencia es suficiente para exigir una explicación.

—La chica dice que su coche se ha averiado —responde el hombre de la caseta. Abre la verja para su vehículo.

Un trueno retumba en lo alto.

Mikhail sale al diluvio con un paraguas y se apresura alrededor hacia el lado del pasajero para abrirme la puerta. Se quita su abrigo de lana negro, que está casi seco, y lo coloca sobre mis hombros. Es un alivio cálido y bienvenido frente a la ropa fría que se adhiere a mi piel.

—Ven dentro, sécate y te ayudaremos a seguir tu camino —dice, abriendo la puerta trasera.

Estoy temblando y tiritando por el clima gélido. El abrigo evita que ensucie el interior de cuero con mi ropa mojada.

—Gracias —digo, y Mikhail cierra la puerta antes de rodear hacia el lado del copiloto.

El motor ronronea mientras el conductor pisa el acelerador y guía el SUV a través de las puertas abiertas.

Tiritando, meto los brazos en el cálido abrigo y las manos en los bolsillos para entrar en calor. Mis dedos rozan un pequeño objeto metálico rectangular, una memoria USB.

CAPÍTULO DOS

MIKHAIL

ESTÁ LLOVIENDO FUERA, a cántaros, y hay una chica que apenas parece tener edad para beber parada junto a mi verja.

Tal vez tenga más de veintiún años. Es difícil saberlo con su pelo rubio pegado al cuerpo.

Todavía parece invierno, aunque no esté nevando.

¿Dónde demonios está su abrigo? ¿O al menos un paraguas?

Hay un vehículo abandonado a menos de seis metros, con las luces de emergencia parpadeando. Ese coche debería ser sacrificado. Probablemente sea más viejo que la chica rubia vainilla sentada en el asiento trasero del SUV.

Luka no parece nada contento de tener que traerla dentro del recinto, pero son mis órdenes, y yo soy el puto *Pakhan* aquí. Yo doy las órdenes y digo a mis hombres lo que tienen que hacer.

Luka es un buen guardaespaldas. Obedece mis órdenes y es leal hasta la muerte. Se habría casado con mi hermana y habría recibido mi bendición si ella no hubiera traicionado a la familia. Esa pequeña mocosa ahora va con los italianos. Se atrevió a hacer que me arrestaran y me metieran entre rejas.

No es que no tuviera sus razones, pero no soy un hombre cualquiera. Dirijo la bratva. Soy el *Pakhan*, el jefe de toda la operación. Mi trabajo es mi vida, y mi familia está compuesta por mis hombres. Su sangre corre con la mía.

No seré encarcelado, y ellos tampoco.

Gobierno Nueva York, y no tengo intención de permitir que nadie ni nada se interponga en mi camino.

—Entra, sécate y te ayudaremos a continuar tu camino —digo, mientras le abro la puerta e invito a que entre en el asiento trasero.

Sus dientes castañetean y están ligeramente decolorados.

—Gracias.

Le presto mi abrigo, tratando de evitar que el asiento trasero se convierta en una piscina, y ayudo a que la chica entre en calor.

Luka rodea hacia la entrada del garaje para evitar que nos mojemos. Después de meter el vehículo dentro, abre la puerta trasera para que ella salga.

—Ven conmigo —digo, haciendo que me siga hasta el recinto.

Normalmente, no dejaría entrar a una extraña en mi casa. Se esperaría que Ivan se encargara de cualquiera que estuviera fuera de la verja, pero me siento generoso, y me parece jodidamente sexy verla empapada.

Está temblando y con frío. La chica es vulnerable. Me gustan las mujeres indefensas y débiles. No porque quiera hacerles daño. No, no soy ese tipo de monstruo.

Puedo ayudarlas y ofrecerles una vida que normalmente no podrían tener, una oportunidad.

Pero esta chica no ha dado ninguna otra señal de desamparo aparte de su vehículo averiado, que sí parecía bastante patético.

—Soy Mikhail —digo, presentándome mientras abro la puerta y la conduzco al interior—. Deberías quitarte los zapatos.

Se los quita con facilidad. Son negros y sin cordones, prácticos, algo que no estoy acostumbrado a ver. Normalmente, las chicas que me visitan llevan tacones de infarto y botas sexys con cordones hasta la mitad de las piernas.

Sus calcetines están empapados y hacen ruido bajo sus pies.

—Los calcetines también. No puedo permitir que ensucies este lugar —digo.

Ella obedece sin decir una palabra. Se apoya contra la pared, y yo la agarro del brazo para estabilizarla. No necesito una enorme huella de trasero mojado en las paredes.

—Nombre —digo cuando aún no se ha presentado. Soy un poco más contundente, pero ella está concentrada en la tarea de quitarse un calcetín tras otro.

Sus dedos de los pies están espantosamente blancos por la ropa mojada, lo que los hace parecer aún más llamativos contra el esmalte rojo brillante de sus uñas.

—Soy Madisyn —dice, con los dientes castañeteando.

La ayudo a ponerse de pie después de que se quite los calcetines.

—Estás empapada y necesitas quitarte la ropa —digo. La ayudo a quitarse el abrigo que le presté, y ella no se opone.

¿Se opondrá cuando le diga que tendrá que quitarse todo delante de mí? No puedo arriesgarme a que sea una policía o alguna chica con un micrófono intentando obtener información para que me metan de nuevo en la cárcel.

Estoy haciendo todo lo posible para enderezar mi vida. Bueno, al menos para mantenerme fuera de prisión. No es como si fuera a empezar a hacer buenas obras y ser un buen tipo y toda esa mierda.

No es así como funciono.

Luka entra detrás de nosotros. Mira brevemente a Madisyn antes de dirigirse por el pasillo sin decir una palabra.

Sabe que debe mantener la boca cerrada, pero no está nada contento de que haya traído a una extraña a mi casa.

Bueno, es mi casa, y puedo invitar a quien quiera. Además, la chica está prácticamente indefensa y le daría hipotermia antes de que apareciera una grúa.

El sol comienza a ponerse, y la lluvia sin duda se convertirá en hielo negro. Están anunciando una tormenta de hielo para esta noche.

La chica rubia exhala un suave suspiro después de que le quito el abrigo mojado.

—Ven conmigo —digo, ordenándole que me siga.

Sin decir palabra, me acompaña por el pasillo y se detiene cuando empiezo a subir las escaleras.

—¿Adónde me llevas? —pregunta.

Me detengo en el tercer escalón y me giro para mirarla.

—Necesitas quitarte esa ropa mojada.

El pelo de Madisyn está mojado y enredado contra su piel. Su ropa se adhiere a su cuerpo, haciendo que su sujetador sea transparente y dándome una amplia visión de sus pechos a través de la camiseta de algodón blanco.

Se abraza a sí misma, temblando.

—Ven ahora, o te llevaré en brazos —digo.

Su ceño se tensa y abre la boca como si fuera a hacer algún comentario descarado. Pero en su lugar, gruñe su respuesta:

—Vale.

Madisyn me sigue escaleras arriba, y la acompaño hasta mi dormitorio. Normalmente, cachearía a una chica y me aseguraría de que no esconde un arma ni lleva un micrófono, pero es bastante evidente que no hay mucho bajo su ropa.

Aun así, siendo un jefe de la bratva, nunca se puede ser demasiado cuidadoso.

—Desnúdate —ordeno.

—¿Qué? —Sus uñas se clavan en sus antebrazos, con las manos crispadas.

—Necesitas quitarte esa ropa mojada, y yo necesito asegurarme de que no llevas ningún arma —digo. Omito la parte de querer comprobar si lleva un micrófono. No hay razón para asustarla. No tiene ni idea de a qué me dedico.

Recorro a zancadas la habitación y abro un cajón para sacar una camiseta negra y un pantalón de chándal. Le quedarán grandes, pero tienen cordón para que pueda ajustarlos un poco.

Mientras tanto, puedo hacer que uno de mis hombres meta su ropa en la secadora mientras ella se calienta dentro de la casa.

—¿Puedo usar el baño? —pregunta, extendiendo una mano para coger la ropa que he sacado de la cómoda.

—No. No bromeaba sobre el arma.

—Yo tampoco bromeaba sobre cambiarme en el baño —dice Madisyn.

Hay un fuego tras su mirada, y odio admitir que me gusta mucho. Es insólito que alguien me desafíe, y más raro aún que sea una mujer.

Mi mirada recorre de nuevo su ropa mojada.

—Estabas en el centro médico hoy —digo, reconociéndola del ascensor.

—Soy enfermera —dice Madisyn.

—Entonces sabes que esto es estrictamente profesional y puedes apreciar el distanciamiento de una situación.

Se le cae la mandíbula, sorprendida por mi comentario.

—¿No hablas en serio? No voy a cambiarme delante de ti.

—Entonces supongo que no tendrás ropa seca.

Está temblando. Tiene la piel de gallina en los brazos y los labios con un tinte azulado.

Probablemente la chica está intentando pensar en cosas cálidas, fingir que tiene calor, pero hay señales evidentes de su malestar y, finalmente, sucumbirá a mis exigencias.

—Vale —dice y se gira hacia la puerta que da al pasillo.

¡Maldita sea, qué cabezota!

Gruño y echo la cabeza hacia atrás.

—¡Madisyn! —Mi voz retumba y hace eco.

Un escalofrío la recorre, visible mientras permanece en el umbral, de espaldas a mí. No creo que ese último temblor fuera por el frío, pero el resto probablemente sí. Le castañetean los dientes.

—Desnúdate, o te desnudaré yo mismo —digo, y cruzo a zancadas el suelo de madera, cerrando de un portazo la puerta del dormitorio—. ¿Contenta? Ahora tienes privacidad.

Mis guardias no necesitan verla desnuda, pero necesito asegurarme de que no lleva algo que no debería.

Su labio inferior tiembla. Supongo que es por el frío, y está más azul que cuando puso el pie por primera vez en el recinto. El lugar está bastante cálido, pero con su ropa helada y mojada pegada al cuerpo, es difícil que entre en calor.

Sus manos se mueven hacia el borde de su camisa, pero está temblando. A este ritmo, nos llevará toda la noche, y yo no soy un hombre paciente.

Me acerco a ella, con mis manos cálidas contra su piel helada. Dejo que mis dedos cubran los suyos y guío su camisa y sus manos hacia arriba, por encima de su cabeza.

Se cubre los pechos en cuanto la camisa está en mis manos y fuera de su cuerpo.

—Vas a tener que quitarte eso también. Cualquier prenda mojada que lleves no te ayudará a entrar en calor —digo.

Madisyn aprieta los labios y mira más allá de mí. Huele a lluvia, al aire libre.

Exhalo un suspiro profundo. Su aroma es embriagador y hace que mi corazón martillee en mi pecho. —El sujetador fuera. También la falda y las bragas.

—¿No puedes al menos mirar hacia otro lado? Puedes ver que no llevo ningún arma —dice.

—No soy ningún caballero —le advierto. No tiene sentido fingir ser algo que no soy.

El color vuelve a sus mejillas, pero no puedo determinar si es por vergüenza o por ira. Parece derrotada y alarga la mano detrás de su espalda, desabrochando el sujetador y sosteniendo el fino encaje beige entre sus manos. Madisyn se baja la falda y luego las bragas, dejando caer su ropa empapada al suelo.

—¿Puedo tener algo seco que ponerme ahora? —Hay aspereza en su tono.

Sonrío con suficiencia y me dirijo al baño, cogiendo una toalla limpia y seca para que pueda secarse bien antes de entregarle la ropa que puede usar hasta que la suya se seque.

Agachándome, recojo su ropa mojada.

—Quédate aquí —ordeno y salgo al pasillo.

Nikita sube las escaleras.

—¿Todo bien, jefe? —pregunta. A estas alturas, la noticia de que he traído a una extraña probablemente ha llegado a oídos de todos.

—Pon esto en la secadora. También hay un par de calcetines junto a la entrada del garaje que deben meterse.

—Por supuesto, señor. ¿Algo más?

—Quiero que investigues los antecedentes de la chica, Madisyn.

—¿Alguna posibilidad de que tengas un apellido? —Mi petición no divierte a Nikita.

Pues qué pena. No quiero que sea obvio que estoy investigándola. Encontrármela dos veces en un día me parece algo más que una coincidencia.

Quiero estar equivocado.

—Es enfermera en Steele Concierge Medical. Seguro que puedes consultar el personal en su web: rubia, ojos marrones oscuros. Luka la ha visto. Muéstrale cualquier fotografía que encuentres.

—Me ocupo. —Nikita coge las prendas y baja las escaleras. Espero un segundo antes de volver rápidamente a mi dormitorio.

Madisyn ya se ha puesto la camiseta negra y está subiéndose la cintura de los pantalones cuando entro. Asegura el cordón, haciendo que los pantalones le queden mejor de lo que imaginaba. Siguen siendo varias tallas grandes para ella, pero está espectacular con mi ropa.

—Uno de mis empleados ha metido tu ropa en la secadora. ¿Por qué no bajamos y contactamos con una grúa?

—Sería genial.

Abro la puerta del dormitorio y ella me sigue hacia fuera y bajando las escaleras. La conduzco hasta el despacho y dejo abierta la puerta corredera.

Hay un teléfono fijo en el despacho y otro en la cocina. Raramente se usan, y he considerado repetidamente dar de baja la línea, pero el dinero no es un obstáculo.

—¿No tendrás una guía telefónica? —pregunta con una risa.

—No puedo creer que seas lo bastante mayor como para saber lo que es —digo, mirándola. Saco mi móvil del bolsillo—. Te daré un número al que puedes llamar. Es un amigo.

—Gracias.

CAPÍTULO TRES

MADISYN

JUEGO DE MANOS. ¿No es así como los magos evitan que sus trucos sean revelados? Por lo visto, a mí tampoco se me da nada mal.

Mi primo me regaló un kit de magia para mi séptimo cumpleaños, y resulta que ha sido el mejor regalo que he recibido jamás.

El pendrive se mueve de mi mano a mi palma, hasta la punta de mis dedos. Por suerte, es increíblemente pequeño y Mikhail no ha notado que lo tengo en mi poder mientras registra cada centímetro de mi cuerpo.

Necesito hacer algo con él y guardarlo en algún sitio hasta que me vaya, lo que podría llevar algún tiempo. Se supone que debo llamar al Agente Lexington a un número que aparecerá como una empresa de remolques si alguien investiga la llamada.

Pero Mikhail me está dando el número de alguien que conoce, y si su amigo aparece, ¿cómo explicaré la situación? Necesito acercarme a Mikhail, no destapar mi tapadera a la primera oportunidad.

Marco el número que Mikhail me indica y espero a que alguien responda. Pero suena sin cesar. Niego con la cabeza.

—Solo está sonando. —He perdido la cuenta de cuántas veces ha sonado el móvil, pero no tienen buzón de voz para dejar un mensaje.

Una oleada de alivio me invade.

—¿Tienes otro número? ¿Alguien más a quien podamos llamar? —sugiero, esperando que pique el anzuelo.

—Le enviaré un mensaje —dice Mikhail, y me indica que cuelgue el teléfono.

Mi pelo sigue húmedo y se pega a mi camiseta limpia y seca, lo que me provoca escalofríos. Hay una chimenea en la pared opuesta, pero no está encendida.

Me acerco a la chimenea. Hay troncos falsos y parece ser de gas.

—¿Funciona? —pregunto, esperando que produzca calor. Todavía estoy helada por la lluvia. No ayuda que tenga el pelo húmedo. Me froto las manos, intentando entrar en calor.

Mikhail atraviesa con paso firme el espacio que nos separa y alcanza el interruptor en la pared. Inmediatamente, el fuego cobra vida.

Un calor agradable irradia de las llamas artificiales. Mi nariz se arruga con el olor. Tiene un leve aroma a gas, pero parece disiparse tras unos segundos.

—Gracias —digo.

Coge una manta que estaba guardada en un cajón y me la coloca sobre los hombros como si fuera un chal.

—Quizás quieras usar esto también por un rato —dice.

Aunque su comportamiento es brusco, este simple acto de amabilidad parece casi antinatural. Pero acepto la manta de todos modos. Estoy congelada y me ofrece un poco de calor para sentirme cómoda.

—Tengo que admitir... —La voz de Mikhail es grave y resonante. Cruza los brazos sobre el pecho. Su mirada se fija en mí.

Espero a que hable y me envuelvo más firmemente con la manta. Mis manos agarran la áspera tela azul marino.

—Habría esperado que Steele les pagara mejor a sus enfermeras.

Tiemblo por el frío del ambiente, junto con sus gélidas palabras.

—¿Qué quieres decir?

¿Cómo sabe lo que gano? O lo que supuestamente gano con mi profesión.

—Ese coche de mierda de ahí fuera —dice Mikhail y señala con el pulgar hacia la parte delantera del edificio donde me he quedado tirada.

—No tengo el mejor historial crediticio —digo, inventando una excusa tan rápido como puedo—. Y aparte de las cuotas mensuales, los intereses son simplemente abusivos.

Deja escapar un ligero resoplido y entrecierra los ojos.

—Bueno, entonces será mejor que aprendas a pagar tus facturas a tiempo. No vas a poder ir al trabajo con ese montón de chatarra aparcado frente a mi casa.

—Pagaré para que lo remolquen —digo.

—Pagarás, pero no con dinero —dice Mikhail.

¡No puedo creer su descaro! ¿Acaso piensa que me meteré en su cama solo porque estoy bajo su techo?

—¿Perdona? —Me quito la manta; ya no tengo frío.

No, estoy ardiendo. Hirviendo de rabia mientras acorto la distancia entre nosotros y me planto cara a cara con él. Mis manos están cerradas en puños y le empujo la manta contra el pecho.

—Me has oído —dice Mikhail, con una sonrisa burlona en su rostro—. Entras en mi casa, te pones mi ropa y usas mi teléfono. Puedes esperar deberme algo a cambio.

—¿Deberte?   —Estoy   horrorizada   por   su insinuación, y con toda la razón. —Me voy —digo y paso junto a él hacia la puerta abierta que da al pasillo.

Mikhail me agarra del brazo.

—No vas a ir a ninguna parte sin mi permiso.

—¿Disculpa? —¿Quién demonios se cree que es? Tiro de mi brazo e intento liberarme de su agarre, pero su presión sobre mí se intensifica. —Suéltame —siseo.

Su mirada oscurecida recorre mi cuerpo de arriba abajo.

—¿Adónde irás, exactamente? Tus zapatos están empapados. Tu ropa está en mi secadora. Y por si lo has olvidado, sigue lloviendo fuera. Las calles ya estarán heladas, y nadie va a venir a buscarte —dice Mikhail.

Mis hombros se desploman ante sus palabras.

Derrotada.

Siento como si me estuviera tratando como a una niña, regañándome por tener algún tipo de rabieta. Esto no es un arrebato. Es mi intento de alejarme del monstruo que se cierne sobre mí.

Bloquea mi escapatoria, y su cuerpo es lo suficientemente grande como para impedirme escabullirme y llegar al pasillo.

—Iré andando a casa —digo, mirando fijamente a sus ojos fríos—. No me asusta un poco de lluvia. —¿Acaso cree que me derretiré?

—Afuera está helado y es peligroso —me recuerda Mikhail—. Tienes suerte de que tu coche se averiara y no te estrellases contra algo ahí fuera. Ahora, ven conmigo. —Me agarra de la mano y me saca del estudio.

Quería salir de esa habitación, pero ahora que él tiene el control y me arrastra por su enorme casa, no quiero seguirle.

—¡Suéltame! —Intento zafarme de su agarre, pero sus manos son enormes y él es fuerte. Con unos cuantos movimientos que aprendí en la academia de Quantico podría tumbarlo, pero no quiero que sospeche que soy una agente federal.

En su lugar, eso me deja siendo arrastrada por este hombre mastodóntico. Peludo. Bestial. Y para nada agradable de tratar.

—Podrías decir gracias, Mikhail —dice con sarcasmo, burlándose de mí—. Te he salvado la vida —me gruñe, y me estremezco.

Hay una sonrisa que brilla en sus ojos; un destello de humor y alegría detrás de su mirada oscurecida.

—Gracias —murmuro entre dientes.

—Eso es, ¿a que no ha sido tan difícil? —Suelta mi mano porque su móvil está vibrando en su bolsillo, y yo me aparto aún más lejos de él.

A Mikhail no parece importarle que me haya alejado de él, o está demasiado ocupado leyendo los mensajes de texto en su móvil como para darse cuenta. Miro hacia la puerta. Podría salir corriendo, pero... ¿Para ir adónde, exactamente?

¿Vendría detrás de mí? Si lo hiciera y uno de mis colegas por casualidad me recogiera, entonces todo lo ocurrido habría sido en vano.

Solo tengo que aguantar a Mikhail un poco más. Conseguir que acabe entre rejas hará que todo lo que estoy pasando valga la pena al final.

Vuelve a meter el móvil en su bolsillo, satisfecho con cualquiera sea el mensaje que haya recibido.

—La grúa llegará por la mañana. Ya tiene media docena de llamadas por el hielo en las carreteras. Te quedarás aquí esta noche.

Se me seca la boca y me hormiguean las manos, pero creo que es porque todavía tengo bastante frío. Haberme alejado de la chimenea y ya no tener la manta sobre los hombros me está haciendo sentir incómoda.

Debería haber pedido una sudadera o algo con mangas largas para ponerme. La casa es enorme y, debido a ello, fría. Tengo los pies descalzos contra el suelo, y me vendrían bien unos calcetines o zapatillas, algo para mantenerme caliente.

—Estoy segura de que puedo llamar a un taxi o pedir un Uber y encontrar el camino a casa —digo. No necesito que me diga lo que puedo y no puedo hacer. Es un extraño, y aunque se supone que debo acercarme a él, conocerle y ganarme su confianza, no será siguiendo sus órdenes.

No soy una de sus soldados.

No soy rusa ni de la bratva.

Niega con la cabeza, pellizcándose el puente de la nariz.

—¿No puedes simplemente dar las gracias cuando alguien intenta hacer algo amable por ti? — pregunta Mikhail. Me clava la mirada.

Se me corta la respiración en la garganta, y él se acerca más. La manta que le tiré antes todavía está en una de sus manos. Levanta los brazos y envuelve la áspera lana sobre mi espalda y alrededor de mis hombros.

—Pareces un carámbano —dice.

—Me vendría bien un par de calcetines.

Levanta una ceja. Parece sorprendido por mi comentario.

—La chica que insiste en que debería marcharse quiere algo de mí —dice.

No sé con quién está hablando. Sus hombres parecen haberse dispersado en el momento en que salimos juntos al pasillo.

Mikhail es menos brusco cuando agarra mi brazo a través de la manta y me acompaña de vuelta al estudio. El calor del fuego es mucho más evidente al haber estado encendido los últimos minutos.

Me dirijo hacia la chimenea.

—Quédate aquí —dice—. Te traeré un par de calcetines.

—¿Y una sudadera? —pregunto.

—Veré qué puedo hacer —dice Mikhail. Se gira y sale al pasillo. Uno de sus hombres, Luka, el del vehículo de antes, capta su atención.

Se apartan; sus voces son bajas. Intento escuchar disimuladamente su conversación, pero no es fácil a varios metros de distancia. Si me acerco, podría captar algo de la discusión, pero Mikhail se preguntaría por qué no estoy junto al fuego.

Con una mano, mantengo la manta cerrada y la memoria USB en mi puño, y con la otra dejo que el fuego me caliente, tratando de entrar en calor.

Me dejan sola. Los dos hombres se apresuran por el pasillo, y no puedo distinguir si Mikhail está subiendo las escaleras para traerme un par de calcetines o si está acompañando a Luka y está pasando algo más.

No es como si Mikhail confiara en mí. No puedo preguntarle directamente qué está pasando. Somos extraños. Tengo suerte de que no me esté echando fuera a la tormenta.

Miro por la ventana. Es difícil ver gran cosa. Un manto de oscuridad rodea la propiedad.

—Te he traído algo —dice Mikhail. Trae una manta y una almohada—. Puedes dormir aquí, junto al fuego —dice.

Lleva los objetos al sofá y los deja allí, cerrando las cortinas.

—¿No me toca una habitación? —El lugar es enorme. Seguro que tiene un dormitorio o dos de sobra para esta noche.

Resopla por lo bajo e invade mi espacio personal, robándome el calor del fuego mientras bloquea mi vista del resplandor ámbar.

—Te quedas donde yo te diga —dice con brusquedad.

Miro el sofá. Hay lugares peores donde podría estar ahora mismo, incluyendo bajo la lluvia o intentando conducir a casa con las carreteras cubiertas de hielo negro.

—El sofá es aceptable.

—Esa es una buena chica —dice con una sonrisa irónica—. Haré que uno de mis hombres te traiga unos calcetines y una sudadera para que te pongas. Mientras tanto, nuestro chef privado ha preparado la cena. Estás invitada a acompañarme.

No tengo hambre. Estar bajo el techo de la bratva ha elevado mis niveles de adrenalina y me ha quitado el apetito.

—Creo que me iré directamente a la cama.

Mikhail frunce el ceño y mira su reloj como si realmente estuviera comprobando que no ha perdido la cabeza.

—Tonterías. Me acompañarás a cenar. No te lo estoy preguntando.

Es irritante. Eso se lo reconozco.

—¿Qué clase de anfitrión sería si no alimentara a mi invitada? —pregunta Mikhail.

Hago una pausa. Tiene razón. Él no sabe quién soy, que soy cautelosa con él porque sé que es un monstruo que ha asesinado a hombres y amenazado a niños y sus familias.

Aceptar cualquier cosa de él es peligroso, y la idea de que pueda envenenarme no es ni en lo más mínimo tranquilizadora. Pero ¿qué opción tengo?

Sospechará si no como, y odio admitir que tengo hambre.

—Gracias. —Fuerzo una sonrisa en mis labios, y me escolta fuera del despacho por el pasillo hasta que llegamos al comedor.

Hay una mesa elegante, puesta con vajilla para dos. ¿Esperaba otra compañía?

—¿Y tus hombres? —pregunto—. ¿No comen contigo?

—Ellos cenan cuando yo termino —dice Mikhail—. Al menos por esta noche.

Aprieto los labios y mi mirada se endurece.

—Esto no es una cita —digo. No quiero que se haga ideas sucias sobre lo que podría ocurrir entre nosotros.

—Ni lo soñaría. —Me acompaña hasta mi silla y la retira, esperando a que me siente.

Voy mal vestida con chándal y una camiseta mientras Mikhail lleva un traje negro profundo. Se ve imponente aunque aterrador, pero hay algo en él que encuentro bastante inusual de forma agradable.

Empuja mi silla hacia dentro y contengo la respiración, sobresaltada por el gesto.

Mikhail se inclina y su aliento me hace cosquillas en la oreja mientras permanece detrás de mí.

—Relájate, no voy a morderte.

Podría. Es la clase de hombre que arrancaría la oreja a otro si le dieran motivos. Quizás ni siquiera necesite motivos. Hombres como Mikhail obtienen poder a través del miedo y la violencia.

Tengo los pies firmemente plantados en el suelo. Todavía no tengo calcetines y el suelo está frío contra mis dedos. Me he acostumbrado al escalofrío, al ligero vello erizado en mis brazos.

—No pensaba que lo fueras a hacer —digo.

No dejo que vea miedo. Probablemente obtenga su poder del terror que inspira. Mi equipo sabe que estoy aquí. No dejarán que me pase nada.

Excepto que no llevo micrófono. No hay cámaras ni dispositivos de escucha implantados dentro del edificio. Nadie puede verme ni oírme si pido ayuda.

Estoy infiltrada y no hay salida.

—Pareces distraída —dice Mikhail.

—Solo abrumada —digo. No es mentira.

—¿En qué sentido? —pregunta y abre una botella de vino tinto sobre la mesa. Se sirve una copa y luego me mira—. Tienes veintiún años, ¿verdad?

Dudo que le importe si tengo edad suficiente para beber o no, pero agradezco el cumplido.

—Bastantes más. —Su comentario es suficiente para aligerar el ambiente por un momento, y me sirve una copa.

—Gracias. —Quiero agarrar la copa y beberme el líquido rojo oscuro, pero espero a que Mikhail dé el primer sorbo.

No es que sospeche que esté envenenado. Simplemente no quiero parecer maleducada.

Retira la silla de madera y toma asiento en el otro lugar preparado en la mesa. Todavía no hay comida servida. Supongo que su personal nos la traerá.

—¿A qué te dedicas? —pregunto.

No espero que sea sincero y me confiese todos sus pecados, pero cualquier chica normal tendría curiosidad por la magnitud de su casa y su supuesta fortuna.

—¿Quieres decir cómo puedo permitirme todo esto? —pregunta, señalando la casa. Levanta su copa y hace girar el vino, oliendo el aromático perfume antes de probarlo.

Siempre pensé que eso se hacía antes de servir dos copas llenas, pero el hombre es extraordinario. Eso es seguro.

Inhala el aroma profundamente antes de llevar la copa a sus labios.

Alcanzo la mía y doy un sorbo. Es seco, pero no tiene un regusto amargo. Es un vino sorprendentemente decente.

—Soy un hombre muy afortunado —presume Mikhail—. Pero basta de hablar de mí. Me gusta saberlo todo sobre los invitados en mi casa. Cuéntame todo sobre ti.

Exhalo un suspiro nervioso. Tengo una historia de cobertura decente; solo tengo que hacerla creíble.

CAPÍTULO CUATRO

MIKHAIL

ES por la mañana y gruño, descontento por la hora temprana. El sol aún no ha salido o, si lo ha hecho, está sepultado bajo la espesura de nubes del exterior.

¿Sigue haciendo un frío amargo y las carreteras todavía están heladas?

Me levanto de la cama, me ducho y me visto para el día.

El día de ayer fue interesante con Madisyn. Es una chica que no puedo sacar de mi cabeza, pero debería. No necesito una pequeña y sexy distracción que se interponga en mi trabajo.

Además, no soy un hombre que se apegue a nadie, y mucho menos que entable relaciones.

El sexo es algo con lo que puedo lidiar y que hago bastante bien, pero no necesito intimidad ni los lazos que conlleva. Y niños, que Dios me ampare si tengo que volver a ver a uno bajo mi techo.

Antes de que me encarcelaran, mi hermana vivía bajo mi techo con sus dos hijos, gemelos fraternos, Sophia y Liam. Pequeños mocosos molestos que se metían en cualquier problema que pudieran encontrar. Ella y sus gemelos se fugaron con los italianos; probablemente ya se casó con el tipo.

No tengo una relación cercana con ella.

¿Cómo podría esperarla con su traición desangrándome por dentro? Testificó contra mí e intentó que me encerraran tras las rejas.

Bueno, técnicamente consiguió que me encerraran hasta que me liberaron cuando resultó en un jurado en desacuerdo.

Sí, yo jodidamente hice eso, asegurándome de que mi culo no iba a estar sentado tras las rejas en una diminuta celda el resto de mi vida. El dinero y el poder tienen una manera de conseguirme lo que quiero.

Abro las cortinas de un tirón, echando un vistazo al exterior. El sol está fuera, pero está oculto tras las nubes gris humo.

Hay hielo cubriendo los árboles y las ramas están cargadas. Todavía tenemos electricidad, lo cual siempre es una preocupación con las tormentas invernales, cuando podría cortarse la luz. El complejo está actualizado, modernizado, pero no es nuevo.

Este lugar se construyó por primera vez a finales del siglo diecinueve. Se ha ampliado, remodelado y mantenido. Pero las líneas eléctricas todavía llegan desde fuera. No están enterradas bajo tierra en este vecindario.

Tenemos un generador en la parte trasera si lo necesitamos, que mantiene nuestros sistemas de vigilancia, se encarga del frigorífico, congelador adicional y otros sistemas del complejo. Sin embargo, no es una estructura perfecta.

Hay un breve golpe en la puerta.

—¿Sí? —digo en voz alta, esperando una respuesta.

Nikita abre la puerta y entra en mi dormitorio.

—Señor, usted solicitó información sobre la chica, Madisyn Taylor.

—Veo que pudiste encontrar su apellido. —Sonrío, complacido con la determinación de Nikita para reunir la información que le pedí. —¿Qué has descubierto?

—No mucho. Es una nueva contratación, pero sus antecedentes son correctos. Trabajó en un hospital durante los últimos siete años en Ohio. Llamé a las instalaciones para asegurarme de que su historial laboral era legítimo.

—¿Algo más? —No necesito conocer los pequeños detalles hasta que haya algo sospechoso. Mencionó durante la cena que se había mudado recientemente a la ciudad, pero no le había sacado de dónde era.

—Es enfermera, pero eso usted ya lo sabía. No creo que sea tan mala idea mantenerla cerca —dice Nikita, ofreciendo su opinión—. Podríamos necesitar una enfermera local disponible cuando las cosas se pongan difíciles.

La idea ciertamente ha pasado por mi mente, pero

ella no es médica, y su nivel de habilidad, utilidad y lealtad no me ha sido demostrado.

—Tenemos la consultoría para eso —digo, recordándole nuestra importante inversión en la organización. No solo pagamos una cuota mensual. También somos accionistas para garantizar nuestra privacidad y quién es aceptado como cliente. No queremos que la mafia italiana o el cártel colombiano aparezcan en la puerta. Pueden buscar ayuda en otro lugar, como el hospital local o la clínica.

—¿La Doctora Gracie Steele? —pregunta Nikita, levantando una ceja—. Esa mujer es completamente recta. Si tiene la más mínima sospecha de problemas, irá directamente a la policía.

—No lo hará.

Si bien la Doctora Steele es una cirujana y médica reconocida, está ocupada con su práctica médica de consultoría, atendiendo pacientes, manejando funciones administrativas y absolutamente desbordada con las tareas diarias. La mujer no se daría cuenta si compartiéramos un ascensor y uno de nuestros hombres tuviera una herida de bala.

Está preocupada pero no es tonta. Le daré eso a Nikita, pero la Dra. Steele no es una médica a quien podamos recurrir para una visita a domicilio.

Confío en su secreto y privacidad en las instalaciones de la consultoría, no dentro de mi casa.

—Bien, conseguiremos el número de Madisyn y mantendremos nuestras opciones abiertas, pero solo si es una emergencia. No me gusta traer vagabundos y alimentarlos —digo.

—¿No es eso lo que hizo usted anoche?

—Cierra la boca —gruño a Nikita. Debería vigilar su tono si no quiere ser reprendido y encargarse de limpiar los baños o alguna otra tarea de trabajo pesado que podría manejar un recadero—. Puedes retirarte. —He terminado de tratar con él y quiero que salga de mi habitación.

—Hay otro asunto. La señorita Madisyn necesita que la lleven al trabajo esta mañana.

Exhalo un profundo suspiro y alcanzo mi móvil en la mesita de noche. Hay dos mensajes de texto perdidos de Andrei, el socio que posee el desguace en el centro. Es el caballero al que intenté que

Madisyn llamara anoche, pero estaba ocupado con otros vehículos que tenían prioridad.

—Me ocuparé de ello. Dile que bajaré en cinco minutos —digo, despidiendo a Nikita.

Sale de la habitación sin decir palabra, cerrando la puerta al salir.

Marco a Andrei, esperando a que conteste la llamada.

—Mikhail —dice Andrei, reconociendo mi número —. ¿Te has quedado dormido? ¿Has tenido una noche larga? —bromea, insinuando que me acosté con Madisyn.

Refunfuño ante su sugerencia.

—No es asunto tuyo —digo con un gruñido apresurado. Una mano aprieta su agarre en el móvil y la otra se cierra en un puño a mi costado—. ¿Remolcaste su coche? —siseo entre dientes apretados.

Andrei y yo nos llevamos bien normalmente. No me habría puesto en contacto con él si no fuera así, pero no necesito que haga suposiciones porque es un capullo.

—Pasé por allí esta mañana, pero alguien ya se lo había llevado —dice Andrei.

—¿Otra compañía de grúas? —Ella lo había aparcado al lado de la carretera. Sin embargo, había una señal de prohibido aparcar cerca.

—Probablemente. En fin, si quieres darme el número de matrícula, puedo llamar y averiguar quién se lo llevó.

Tiro mi ropa sucia en el cesto y salgo del dormitorio, cerrando la puerta tras de mí.

—Te enviaré el número de matrícula en cuanto lo tenga. Gracias, Andrei. —Termino la llamada y bajo las escaleras hacia el estudio.

Madisyn se incorpora en el sofá, con la manta arremolinada alrededor de su cintura.

—¿Has dormido bien? —pregunto.

—Sí, la chimenea mantuvo la habitación muy calentita —dice. Sostiene una taza humeante; supongo que es café. Uno de mis guardias debe habérselo traído. Su ropa limpia también está al pie del sofá, doblada y lista para que se cambie.

—¿A qué hora tienes que trabajar? —pregunto—. Puedo acercarte esta mañana.

—No es necesario —dice, con las mejillas sonrojándose.

Doy un paso más cerca. ¿Por qué se sonroja? ¿Qué tiene que esconder?

—¿Cómo piensas llegar al trabajo esta mañana? ¿A menos que tengas el día libre?

Se lleva la taza a los labios y da un sorbo.

—No, debería ir a mi turno. Solo esperaba que el tiempo fuera lo suficientemente malo como para tener el día libre.

—¿Eso ocurre alguna vez? —No puedo imaginar que una enfermera tenga tiempo libre por el clima. Quizás turnos más largos cuando el personal tiene problemas para llegar al trabajo, pero no hay días de nieve o de carreteras heladas donde la oficina esté cerrada o abra más tarde.

Sonríe en su taza.

—Nunca. ¿Te importa si uso el baño para cambiarme?

—Preferiría que te desnudaras delante de mí —digo.

Sus ojos se arrugan y sonríe, negando con la cabeza.

—Un espectáculo es tu límite. Recuérdalo —dice y se levanta.

Toma un trago, acabándose la última gota de su café antes de empujar su taza vacía contra mi estómago, forzándola en mis manos.

Hay algo en su actitud hoy, una especie de actitud de no aguantar tonterías que no me mostró ayer. Es divertido observarlo, ver cómo intenta tomar el control cuando no tiene ninguno mientras está bajo mi techo.

Yo estoy al mando en el complejo, y todos lo saben perfectamente.

Todos mis hombres lo saben, y todos los que alguna vez se han relacionado conmigo como bratva entienden que yo soy el jefe.

Pero ella no tiene ni idea del siniestro submundo anidado justo bajo su nariz. Es tentador, honestamente, mostrarle un vistazo, una pequeña mirada, y ver cómo reacciona.

Como darle una probada de la fruta prohibida.

Madisyn estira el brazo sobre el sofá para coger su ropa del día anterior. La habían metido en la secadora después del diluvio, pero no está ni un poco limpia.

—Voy a ir al baño —dice. Esta vez noto que no está pidiendo permiso. Ya que, claramente, no le estaba dando ni un poco.

Es descarada y bastante imprudente. Pero no sabe a qué se enfrenta, con quién se enfrenta.

Lo que encuentro a la vez irresistible y excitante.

Madisyn pasa rozándome y sale del estudio hacia el pasillo. Le lleva un segundo orientarse y recordar cómo moverse por el complejo. Esa es una de las ventajas de tener una casa tan enorme. Es fácil que una persona nueva se pierda.

No quiero que eso suceda porque podría tropezarse con algo que no debería ver.

Tengo hombres manejando proyectos especiales para mí, haciendo interrogatorios, blanqueando dinero, contando bienes robados, fabricando documentos falsos. Todo sucede bajo este techo. Quizás no simultáneamente, pero hay muchas drogas ilegales y armas detrás de la prístina valla de hierro dentro de mi complejo.

Espero fuera de la puerta del baño a que Madisyn termine de prepararse. No es como las otras chicas con las que me he acostado, que se toman tiempo para maquillarse, peinarse, ponerse accesorios o lo que sea que eso signifique.

Entra y sale del baño en menos tiempo del que tardo en afeitarme, y eso que tengo bastante barba. La espero, y parece sobresaltada cuando abre la puerta y me ve en el lado opuesto.

—Lo siento, ¿necesitabas usar el baño? —pregunta.

—No.

Hay una dulzura e inocencia en ella. No es consciente de la tenebrosidad y el peligro que se cierne sobre ella, rodeándola y acercándose para atacar.

—Vámonos —digo y la guío lejos del baño, por el pasillo y hasta la entrada del garaje.

Esta vez lleva los calcetines puestos, y cuando nos acercamos a la puerta, se agacha para coger sus zapatos y ponérselos.

—¿Están secos?

—Casi, pero no podían meterse en la secadora. —Se los pone. Yo me pongo la chaqueta y el gorro, junto con un par de guantes. El aire exterior es frío, y en Nueva York nunca puedes aparcar lo suficientemente cerca, incluso cuando hay servicio de aparcacoches.

—Vamos, vámonos —digo y la acompaño hasta el coche.

—Señor —dice Luka, apresurándose para acompañarnos. Normalmente es mi guardaespaldas estos días y mi conductor cuando estoy fuera del complejo.

—No es necesario —digo, y le hago un gesto para que regrese. Hay suficientes recados de negocios y tareas que atender para mantener ocupados a Luka y a mis hombres mientras estoy fuera.

—Vaya, ¿sin chófer? —bromea Madisyn.

O tiene cuidado de no referirse a él como guardaespaldas o no se da cuenta de que necesito uno.

—No hoy. Vamos —digo, y le abro la puerta del pasajero cuando nos acercamos al SUV.

Espero hasta que esté dentro del vehículo antes de cerrar la puerta. Ya tiene puesto el cinturón cuando subo al lado del conductor.

—Hablé con Andrei esta mañana —digo.

Pulso el botón del garaje, abro las puertas dobles y presiono el botón de arranque del motor. Este ruge con vida.

Durante todo el tiempo, Madisyn me mira de forma peculiar.

—¿Quién?

—Mi amigo del taller de grúas con el que contacté por ti. Dice que tu coche ya no estaba esta mañana. Si me das el número de matrícula, puede llamar y averiguar quién tiene tu vehículo.

Ella abre la boca y ríe suavemente.

—No me sé mi número de matrícula. ¿Se supone que debería saberlo?

—Bueno, eso lo complica un poco —murmuro. Mi

colega intenta hacer una buena acción, y Madisyn está perdidísima.

—Tiene placas nuevas. Acabo de matricular el vehículo porque me he mudado hace poco. Aunque tampoco es que me supiera la matrícula en Ohio.

La chica desprende un aire campestre. Como si hubiera esperado toda su vida para vivir en la gran ciudad.

—No te preocupes. Haré algunas llamadas —le digo.

—No es necesario. Puedo ocuparme durante mi descanso para comer.

Piso el acelerador y salimos del garaje por el largo camino pavimentado hacia la entrada con verja. Mis hombres han visto acercarse el vehículo y ya han abierto la puerta para nosotros.

—¿Cuándo? —Escuché su conversación ayer con su amiga en el ascensor. —¿No dijiste que apenas tienes un descanso, y mucho menos una hora para comer?

—¡Estabas escuchando! —dice Madisyn con una risa, señalándome.

—¿No se suponía que lo hiciera? Estábamos atrapados en un ascensor juntos.

—Yo no usaría la palabra atrapados —replica. Sus hombros se relajan mientras mira por la ventanilla lateral un momento, y luego vuelve a dedicarme su atención—. Atrapados implica que no podías estar en ningún otro sitio, como si el ascensor estuviera averiado. Pero estuviste conmigo... ¿cuánto? ¿Treinta segundos? Quizás un minuto, incluyendo el tiempo que tardaron las puertas del ascensor en abrirse y cerrarse.

—Bueno, no podía escapar. Así que atrapados es la palabra. —Me mantengo firme. ¿Por qué diablos no?

Nunca me equivoco.

Nadie cuestiona jamás la autoridad de un *Pakhan*. Saben que no deben hacerlo, pero esta chica no sabe nada sobre quién soy y a qué me dedico.

—¿Escapar? —Me mira fijamente y estalla en carcajadas. —Estás loco. Dios mío. He pasado la noche en casa de un loco.

La miro brevemente.

—¿Recién ahora te das cuenta? —pregunto, volviendo mi atención a la carretera.

El tráfico se está poniendo denso, y no necesito chocar contra otro vehículo por estar prestando más atención a la rubia atractiva sentada a mi lado.

—Normalmente, la respuesta a eso es gracias —gruño.

Su ceño se frunce mientras me examina, con sus ojos recorriendo mi cuerpo.

—No me pareces el tipo de hombre que busca muchos reconocimientos.

No se equivoca. No necesito que alguien me adule o me dé palmaditas en la espalda por un trabajo bien hecho.

—¿Qué te hace decir eso? —Le lanzo una mirada antes de apretar con más fuerza el volante.

El SUV emite un pitido y dirijo mi atención a la luz en el tablero del vehículo.

—¿Hay algún problema? —pregunta ella.

Necesito llenar el depósito del SUV. Luka nos dejó

con apenas gasolina ayer, y el depósito está casi vacío.

Aunque el hielo se ha derretido de la carretera con el sol, todavía hace un frío terrible y es el tipo de tarea que habría endosado a Luka o a cualquiera de mis hombres.

—No —gruño.

Ella se inclina más cerca y mira el tablero, notando la luz del combustible.

—Significa que casi te has quedado sin gasolina.

—Ya lo sé. —La miro con dureza. ¿Acaso cree que nunca he conducido un coche?

—Necesitas combustible para que el motor funcione —dice Madisyn, con expresión completamente seria—. No puedes conducir un coche sin él. Como el aceite o el líquido limpiaparabrisas.

—Dios mío. Eres demasiado. —Ya no puedo más, y consigue arrancarme una risa. ¿Era ese su plan desde el principio? ¿Verme reír? —El líquido limpiaparabrisas no es una necesidad.

—Bueno, debería serlo. Cuando vives en Ohio y después de una tormenta de nieve vas por la autopista, puedes quedarte fácilmente sin líquido limpiaparabrisas. Entonces es peligroso si no puedes ver a través del cristal, especialmente cuando el sol se está poniendo y vas en dirección oeste.

—Estás muy habladora esta mañana, ¿no?

—He tomado dos tazas de café —dice con una sonrisa y se ruboriza, como si estuviera confesando haber sido traviesa y estar en problemas—. Normalmente no se me permite la cafeína.

—¿En serio? —Entro en la entrada de una gasolinera. —Lo siento, va a hacer frío aquí dentro durante unos minutos. —Apago el motor y salgo al aire gélido del invierno para llenar el vehículo.

De vez en cuando, miro hacia Madisyn dentro del vehículo. Las ventanas tintadas hacen difícil ver gran cosa.

Debería dejarla en el trabajo y jurar no volver a verla. No es como si le estuviera haciendo ningún favor siendo su amigo, y, además, no necesito ningún amigo.

Soy un solitario. Tengo a mis hombres en quienes confiar, y eso es más que suficiente. Es todo lo que necesito.

Terminando de llenar el depósito, vuelvo rápidamente al SUV y me alejo del frío.

—Nunca he estado tan agradecido por Luka —murmuro.

—¿Cómo dices? —pregunta Madisyn, prestándome toda su atención.

—Luka normalmente me llena el depósito. —Salgo del aparcamiento y vuelvo a la carretera. —¿A qué hora sales del trabajo?

—¿Me estás invitando a salir? —Hay una sonrisa irónica en su rostro.

Maldita sea.

¿Espera que la esté invitando? Porque no era así.

—Estaba averiguando a qué hora sales del trabajo para poder llevarte a casa.

Ella fuerza una sonrisa.

—No quiero causarte más molestias de las que ya te he causado. Puedo pedirle a una de las chicas que me lleve a casa.

—¿A qué hora sales del trabajo? —repito la pregunta. No es que necesite llevarla por la ciudad o que mis hombres la acompañen. Es que Nikita tiene razón. Ella es enfermera y tener a alguien en nuestro círculo íntimo cuando lo necesitemos no es tan mala idea.

Además, quiero tener la oportunidad de conocer a la mujer a la que dejé dormir en mi sofá. No estaré satisfecho hasta que haya visto el interior de su casa, examinado sus pertenencias y esté seguro de que es cien por cien auténtica.

Generalmente, tengo un buen detector de mentiras y problemas. Madisyn puntúa alto en el medidor de problemas, pero no puedo distinguir si me causará problemas porque es una mujer y no necesito una relación, o si realmente es problemática.

Aparco frente al vestíbulo, cerca de la entrada.

—Turno de ocho horas, haz tú las cuentas —dice Madisyn. Está animada, radiante, un poco demasiado normal para mi gusto.

—Estaré aquí.

————

Gran parte de mi día lo paso discutiendo cómo manejar al cártel. Han estado interfiriendo en nuestros negocios, intentando robarnos a nuestros socios comerciales. Sus hombres son serpientes sucias, estafadores y matones.

En nuestro trabajo tratamos con muchos individuos turbios. Aun así, el cártel se ceba con los ancianos, estafándoles cientos de miles de dólares, dejando sus cuentas de jubilación vacías.

Es repugnante y, aunque no debería importarme, me enorgullezco de mi ética de trabajo, de lo que hago para ganarme la vida. Puede que vendamos drogas y obtengamos grandes beneficios, pero se las damos a personas que de otro modo las conseguirían en otro lugar. Al menos nuestras drogas son de alta calidad, nada de esa mierda mezclada con fentanilo.

Mis proveedores son oro puro, y la idea de que el cártel se mueva para arrebatarnos nuestras drogas o nuestros proveedores no me sienta nada bien.

Han estado hablando con nuestros proveedores, y eso es suficiente para justificar una acción contra ellos; atacar cuando menos se lo esperen.

Si no es la mafia italiana la que me da dolor de cabeza, es el cártel. No es que no podamos manejar el problema. Por eso convoqué una reunión con mis hombres, para que golpeen al cártel donde más les duele.

Tienen órdenes de eliminar a Carlos Sánchez, el líder del cártel. Dmitri, mi subjefe, está dirigiendo la operación. Le he dado luz verde para poner precio a la cabeza de Sánchez.

Sánchez no es un hombre fácil de tratar, pero mis hombres harán lo que sea necesario para eliminar el problema.

Paso por Steele Concierge Medical después de que la reunión termina. Me aseguro de que finalice con tiempo suficiente para volver al otro lado de la ciudad y recoger a Madisyn.

Debería estar ordenando a Luka o incluso a Nikita que recogieran a Madisyn. Pero en lugar de eso, estoy yo al volante.

Mirando el reloj del vehículo, mis dedos golpean el volante. ¿Cuánto tiempo se supone que debo esperarla?

Echo un vistazo al espejo retrovisor. Siempre soy cauteloso asegurándome de que no me siguen. Por eso normalmente hago que Luka conduzca. Es bueno vigilando si nos siguen mientras se concentra en la carretera.

Reconozco a uno de los hombres del cártel entrando apresuradamente por la entrada principal. No trae a nadie con él, y no parece que necesite atención médica inmediata, aunque ciertamente va a toda prisa como si la necesitara.

¿Está el cártel buscando los servicios de la consulta? Tendré que hablar con la Doctora Gracie Steele; hay algunos clientes que me niego a aceptar. El cártel está en esa lista.

Cojo mi móvil y le mando un mensaje a Nikita para que lo investigue por mí. Quiero saber por qué el cártel está en nuestro territorio, usando nuestras instalaciones.

Las puertas automáticas se abren, y Madisyn sale como si tuviera prisa. Guardo el móvil en el bolsillo; no quiero que haga preguntas.

Varias personas salen tras ella. Una es una mujer

con un niño pequeño en brazos, y otra es un hombre solo. Parece tener a Madisyn en su línea de visión.

¿Quién es?

No parece un empleado, pero quizás se ha cambiado y ha terminado por hoy. ¿Podría ser un ex amante? ¿Marido? No, si estuviera casada, Nikita me lo habría dicho.

Madisyn se dirige hacia mi SUV y mira por la ventanilla antes de abrir la puerta.

Chica lista, asegurándose de que soy yo.

Aunque, si fuera lista, ¿estaría aceptando que la llevara un jefe de la bratva?

Sube al asiento delantero y cierra la puerta de golpe, abrochándose el cinturón.

—Gracias por recogerme —dice Madisyn—. Espero que no hayas tenido que desviarte.

—No fue un problema —digo, sin responder directamente a su comentario—. ¿Cuál es tu dirección? —pregunto.

Me da su dirección, y la introduzco en el GPS, que me da las indicaciones. La ruta es sencilla y es lo que esperaría si fuera a casa. Me hace pasar justo por delante de mi casa.

—He conseguido localizar mi vehículo —dice Madisyn, rompiendo el silencio entre nosotros mientras salgo a la carretera.

—¿Y qué dicen sobre lo que hay que hacer para reparar el coche? —pregunto, mirándola brevemente. Había pensado en contactar con Andrei, pero me distraje esta tarde hablando de Sánchez y el cártel.

—Necesito un motor nuevo. —Madisyn hace una mueca y cruza los brazos sobre el pecho.

—Te saldrá más barato comprar un coche nuevo —digo.

De alguna manera, dudo que pueda permitirse un vehículo nuevo, o ya tendría uno. Una persona no conduce un coche hecho una mierda por diversión.

Hay una desesperación silenciosa que emana de ella. Intenta ocultar el hecho de que no tiene dinero, que probablemente esté en la ruina, pero no entiendo por qué. Tiene un trabajo decente. ¿Tendrá deudas que la están hundiendo?

—Quizás un coche de segunda mano —dice en voz baja.

No puedo quitarme de la cabeza las palabras de Nikita, sugiriendo que podría trabajar para nosotros y estar disponible si surge la necesidad. Resolvería sus problemas económicos, pero esto no se trata de ella. Se trata de mis necesidades, mis hombres, nuestra seguridad.

Necesito saber que puedo confiar en ella, y la única manera de hacerlo es ponerla a prueba.

CAPÍTULO CINCO

MADISYN

UNA HORA ANTES...

—¿Qué haces aquí? —pregunto, agarrando a Aaron por el brazo y arrastrándolo por el pasillo hasta una habitación vacía.

Cierro la puerta de golpe tras nosotros.

Aaron Moore es mi jefe. No es solo mi jefe en el FBI, también es un completo imbécil, pero eso no lo sabía cuando me acosté con él. Fue hace meses, y en realidad, eso me llevó a aceptar esta misión para no tener que verlo todos los días.

Solicité un traslado fuera de su división, pero no fui del todo sincera sobre por qué quería un cambio. Ambos habríamos tenido problemas y, aunque él instigó toda la aventura entre nosotros, yo tampoco era inocente.

—Comprobando cómo estás —dice Aaron. Su mano se alza, colocándome un mechón de pelo detrás de la oreja.

Le aparto, intentando establecer mejores límites entre nosotros.

—No puedes presentarte así mientras estoy trabajando. —Tengo los dientes apretados y la mandíbula tensa. —Tienes que irte, y no puedes volver aquí.

¿No se da cuenta de que podría arruinar mi cobertura? Podría poner en peligro mi vida al aparecer y hacer que me descubran como agente del FBI.

¡La desfachatez de no pensar en nada más que en sí mismo! Típico de Aaron.

—¿Que me tengo que ir? Te voy a llevar a casa, Madisyn. No perteneces a este sitio —dice y da un paso más cerca, invadiendo mi espacio personal—. Vuelve a trabajar para el FBI. Vuelve conmigo.

Mierda.

¿Es que no sabe nada de la operación encubierta? ¿Lo mantuvieron fuera del circuito y a oscuras?

Abro la boca, pero la cierro de nuevo. Si no lo sabe, es porque ya está fuera, y no voy a arruinar mi carrera ni mi oportunidad de convertirme algún día en agente supervisora.

—No puedo hacer eso, Moore. Este es mi nuevo trabajo, mi nueva vida. —Si no sabe que estoy encubierta, no puedo decírselo. Aunque no creo que tenga ninguna relación con la bratva rusa, mis órdenes son mantener un perfil bajo, y no puedo hacerlo con el FBI apareciendo en mi nuevo trabajo. —Tienes que irte.

—Hay un nuevo equipo bajo mi liderazgo, pero te quiero a ti en él. Son un montón de agentes en prácticas. Necesito a alguien en quien pueda confiar en mi equipo, alguien que me cubra las espaldas. Sea lo que sea lo que pasó entre tú y Kingston, puedo saltar por encima de él. Puedo conseguir que te readmitan y vuelvas al servicio.

El Agente Especial Supervisor Barrett Kingston me dio esta misión encubierta y me preparó para la operación. Dos de mis colegas que habían trabajado bajo el mando de Moore forman parte de la misión y, por lo que parece, ya no están en el equipo de Moore.

Apenas llevo fuera y ha habido un número significativo de cambios. ¿Qué ha pasado? ¿A quién ha cabreado Aaron para acabar con novatos y con todo su devoto equipo reasignado a otros lugares?

¿Es una maniobra política? ¿Ha enfadado Aaron a Barrett o a otro jefe de más arriba? Dudo que se hayan enterado de nuestra aventura, o él habría perdido el trabajo por completo.

Fue un error acostarme con mi jefe. Me sentí atraída por su poder, por la influencia que tenía sobre mí, y fui ingenua al pensar que podría haberme amado.

—Tienes que irte. Nuestros clientes pagan una prima por su privacidad y no apreciarán que el FBI ande por aquí —digo, tratando de reiterarle sin deletrearlo que necesita irse y no volver jamás.

—De acuerdo, pero esto no ha terminado, Madisyn. —Aaron se dirige hacia la puerta. Agarrando el pomo, la abre de un tirón. Ni siquiera me lanza una mirada mientras se dirige hacia el ascensor, con los hombros caídos como si hubiera sido derrotado.

Si supiera por qué estoy aquí, ¿seguiría luchando para que volviera al FBI? ¿O apoyaría mi decisión de trabajar encubierta?

No importa; él es un fantasma de mi pasado, y necesito dejarlo ir.

———

Me cambio del uniforme sanitario a mi ropa de esta mañana. Técnicamente es mi ropa de ayer, pero la única persona que pareció darse cuenta fue Hannah, y ella piensa que es porque me acosté con alguien.

Bueno, no lo hice. Pero no voy a elaborar sobre lo que pasó, excepto que mi coche se averió.

Lo que solo hace que sospeche aún más.

—¿Me vas a contar sobre tu noche salvaje? —pregunta Hannah mientras bajamos juntas en el ascensor para salir.

—No fue salvaje. Solo interesante, y no. Ahora mismo no —digo. Esta chica no tiene sentido de los límites.

—Por favor —suplica Hannah—. Mis noches salvajes consisten en perseguir a mi niño pequeño y limpiar la suciedad de Mark. Te juro que es como si estuviéramos casados, y nos saltamos la boda y la luna de miel. ¡Y ni me menciones los cambios de pañales! No salgas con un hombre que tenga miedo de cambiar pañales.

—Sí, otra razón para no tener hijos —digo—. Ya limpio suficientes cuñas por aquí. No quiero hacer eso en casa.

Hannah pone los ojos en blanco.

—Venga, no es todo malo. Y no es exactamente lo mismo.

—¡No quiero empujar al niño fuera de mí!

Se ríe de mi miedo

—Siempre puedes adoptar.

—Sí, he oído que los cachorros dan besos maravillosos, y puedes pagarle a alguien para que limpie la suciedad de tu perro.

—Podrías contratar a una niñera para que limpie la suciedad del bebé. —Hannah se ríe de su propio comentario. —¿Por qué estamos comparando bebés con cachorros?

—Tú empezaste, hablando de cambios de pañales. —Arrugo la nariz con disgusto. —Estoy con Mark en eso. Aunque pensándolo bien, si empujo a un bebé fuera de mí, ¡mi marido bien puede cambiar cada maldito pañal!

—Buena suerte con eso —dice Hannah—. Primero, vamos a trabajar en encontrarte un novio sexy. —Me rodea con un brazo los hombros. —Cuando lo conozcas, quiero todos los detalles sucios.

Salgo del ascensor y la sonrisa desaparece de mi cara.

Aaron Moore está cerca de la entrada principal, con los brazos cruzados sobre el pecho. En el momento en que me ve, se dirige hacia mí. Quiero correr, escapar, pero no voy a tener tanta suerte. Y Hannah tendrá cien nuevas preguntas cuando lo vea.

—Madisyn, ¿puedo hablar contigo? —pregunta Aaron.

Los ojos de Hannah se iluminan y me suelta.

—Oh, ¿es este tu hombre misterioso de anoche?

Le doy un codazo en las costillas.

—Vale, entendido. Os dejaré solos. Te veré mañana —dice y se despide con la mano, levantando el pulgar mientras pasa junto a Aaron.

—Tengo que irme a un sitio —digo yo.

Hannah ya va veinte pasos por delante de mí, y no puedo usarla como excusa para evitar a Aaron. Dejo de caminar y me pongo frente a frente con él.

—Escucha, se acabó. Hace tiempo que se acabó. Ya no hay nada entre nosotros.

—No me importa lo nuestro. Quiero decir, sí me importa, Maddy, pero hacemos un gran equipo.

Juro que, si dice una palabra más, le voy a dar un puñetazo.

—Tienes que irte. —Me apresuro a pasar junto a él, deseando escabullirme.

Me siento aliviada cuando veo el vehículo de Mikhail aparcado junto a la entrada. Me alejo rápidamente de Aaron, y echo un vistazo a las ventanas oscuras para asegurarme de que no estoy abriendo la puerta del vehículo equivocado y yéndome con un desconocido.

Aunque técnicamente Mikhail es un desconocido, también es mi objetivo. Este es mi trabajo; hacer que confíe en mí.

Además, en este momento preferiría meterme en el vehículo de Mikhail antes que en el de Aaron. No es que piense que Aaron me haría daño físicamente, pero es lo suficientemente estúpido como para conseguir que me maten.

Espero que Mikhail no haya notado a Aaron, pero al menos no iba con su atuendo del FBI. Ningún traje elegante que combinara con su personalidad audaz.

Mikhail y yo hablamos de cosas triviales sobre mi coche de mierda y cómo necesito un vehículo nuevo. Sí, ¿con qué dinero? Quizás me ofrezca un puesto y me permita acercarme más a él. No es que esté buscando acostarme con él. Ya cometí ese error una vez con Moore.

Puede que no estuviera encubierta con Moore, pero ambos hombres irradian poder de una manera que me resulta muy excitante.

Tengo que andar con cuidado.

Cuando Mikhail se detiene frente a mi casa, sonrío

tímidamente. La propiedad de alquiler apenas tiene el tamaño de su dormitorio.

—Gracias por traerme —digo, y atrapo mi labio inferior entre los dientes. Estoy fingiendo, intentando tener un enfoque tímido. Si parezco dominante, prepotente o agresiva, podría alejarlo fácilmente.

—Ha sido un placer, pero ¿te importa si entro? Necesito usar el baño —dice él.

Es una excusa. No estamos ni a diez minutos de su casa, y dudo que tenga tantas ganas de orinar, pero acepto el anzuelo.

Necesito la oportunidad de conectar más con él sin que parezca que es idea mía.

—Claro —digo.

Apaga el vehículo en mi camino de entrada de grava.

Salimos, y saco las llaves de mi bolso, dirigiéndome hacia las escaleras del porche de madera. Son chirriantes y viejas. Necesitan una nueva capa de pintura. El porche es de un gris azulado, al igual que las escaleras.

Abro la puerta principal y la mantengo abierta para Mikhail.

—Cuidado con la puerta contra tormentas... —digo, pero antes de poder terminar mi pensamiento, él la suelta al entrar, y se cierra de golpe.

Mira por encima del hombro hacia la puerta y murmura algo en voz baja.

—¿Qué has dicho? —pregunto, adentrándome más y quitándome los zapatos y el abrigo. Enciendo las luces dentro de la casa y cierro las cortinas ya que está oscuro afuera. No tiene sentido dejar que los vecinos vean el interior de mi casa.

Hay dos cámaras ocultas por si ocurre algo mientras Mikhail está en mi casa, pero no sospecho que vaya a hacer nada estúpido. Una cámara está en la sala de estar, la otra en el dormitorio.

Adiós a la privacidad.

—Necesitas reparar tus escaleras y arreglar la puerta —dice. Echa un vistazo alrededor de la casa, observándolo todo.

—Dejé un mensaje al casero, pero aún estoy

esperando que me conteste. —Cierro la puerta de madera detrás de él y echo el cerrojo.

—Típico.

—El baño está por aquí —digo, guiándolo por el pasillo. Abro la puerta del baño y enciendo la luz.

—Gracias —dice.

Entra y cierra la puerta. Oigo el pestillo y me dirijo a la cocina para decidir qué preparar para cenar.

¿Debería invitarlo a quedarse... para cenar? Se ha molestado en llevarme, me ha dejado quedarme en su casa... Es extraño pensar que sea ese tipo malo y terrible que el FBI ha descrito.

¿Podrían estar equivocados?

Lo dudo.

Probablemente sea aterrador y un asesino, pero no me ha dejado ver ese lado suyo. Abro la despensa y meto el pendrive que robé dentro de una caja de cereales, fuera de la vista. Todavía estoy sorprendida y satisfecha de haber podido sacarlo de su casa sin que se diera cuenta.

Cojo una olla y una sartén del armario inferior. He aprendido dónde está ubicado todo para que no parezca sospechoso. Lo último que quiero es que parezca que no estoy familiarizada con mi propia casa.

Pongo una olla de agua a hervir para los fideos y saco varios ingredientes de la nevera para hacer una salsa para la pasta.

La puerta del baño hace clic, y se oyen pasos pesados contra el suelo. No es para nada silencioso en su aproximación.

Añado un poco de aceite de oliva a la sartén, esperando a que se caliente mientras añado ajo fresco.

—¿Quieres quedarte a cenar? —pregunto, mirándolo por encima del hombro. Alcanzo la cuchara de madera, removiendo el ajo para que no se queme en la cocina.

Sus ojos están estrechos y tensos, fijos en mí. No puedo saber si es algo bueno o malo.

—¿Quién no tiene medicamentos recetados en su botiquín?

Me giro para enfrentarlo. Está a solo unos centímetros de mí, alzándose por encima, exigiendo respuestas.

Le señalo con la cuchara de madera en mi mano.

—¿Por qué estás fisgoneando? —le acuso, dándole la vuelta a la situación. La mayoría de las personas que fisgonean en un botiquín no empiezan a hacer preguntas al salir del baño.

Me quita la cuchara como si la estuviera usando como un arma y la deja en la encimera, fuera de mi alcance inmediato.

—Me gusta saber con quién me relaciono —dice Mikhail. Me está clavando la mirada.

Me pongo de puntillas y le agarro por la corbata, tirando de él hacia abajo, estrellando mis labios contra los suyos, silenciándolo. Si nos estamos besando, no puede hacer más preguntas.

—¿Qué estás haciendo? —gruñe, alejándose y terminando el beso.

Mis labios hormiguean mientras miro fijamente sus ojos oscurecidos.

—¿Quieres saber con quién te relacionas? Entonces conoce cada centímetro de mí —le digo, desafiándole a continuar, a olvidar momentáneamente su pregunta y centrarse en mí.

Me echo un poco hacia atrás, aún a su alcance, mientras me quito la camiseta por la cabeza y la dejo caer al suelo.

Juro que escucho otro gruñido, este mucho más gutural desde el fondo de su garganta. Sus ojos están negros, y es casi imposible distinguir sus iris de sus pupilas.

Se acerca acechante, sus manos frías acarician mi piel desnuda y me estremezco en respuesta. No tengo que fingir que me atrae. Hay pasión y poder; un placer que chisporrotea a través de mí.

La única habitación donde no hay cámara es la cocina. Apago ambos quemadores de la cocina, sin querer incendiar la casa.

Sus labios están sobre los míos y bajan hasta mi cuello, chupando y mordisqueando, saboreando mi piel. Me bajo los pantalones más allá de las caderas, dejándolos caer al suelo, quitándomelos con los pies y alejándolos.

No es que no me haya visto desnuda antes, pero esto es diferente. Se siente diferente. La última vez no estaba al mando ni tuve voz en desnudarme para él.

Se afloja la corbata y la tira al suelo junto a mi ropa. Su chaqueta de traje se desliza, y está desabotonando su camisa cuando tiro del borde inferior de su camisa fuera de los pantalones y mis manos suben por su pecho, tocando su piel.

Está caliente, y sus músculos se flexionan bajo mi tacto.

—Voy a devorarte —susurra Mikhail contra mi cuello.

Un escalofrío recorre mi cuerpo, y expulso un profundo suspiro, tratando de no desmoronarme.

—¿Preservativo? —pregunto. Los míos están en el baño y en mi dormitorio. No dejo ninguno tirado por mi cocina. Mi error.

Saca uno de su cartera mientras le desabrocho los pantalones y bajo la cremallera. Deslizo la tela por sus caderas, y se queda solo en ropa interior. Coloca el preservativo en la encimera, pero aún no abre el paquete de aluminio.

Mikhail me desabrocha el sujetador, tomando mi pecho en su boca, chupando y lamiendo la punta mientras sus dedos me provocan sobre las bragas.

—Ya estás húmeda para mí —murmura, complacido con sus logros. Agarra mis caderas y me da la vuelta, inclinándome hacia delante contra la mesa de la cocina.

Mikhail aparta mis bragas a un lado y desliza un dedo a lo largo de mi hendidura.

—Esa es mi chica, bien mojada para mí.

Inhalo bruscamente.

—Preservativo —digo.

—Aún no. —Me da una palmada en las nalgas, y doy un respingo antes de que mis dedos se crispen en puños.

—¿Te ha gustado eso? —pregunta.

Tengo miedo de admitir que sí.

—Contéstame —susurra en mi oído, y otro escalofrío recorre mi cuerpo. Cuando no le respondo lo suficientemente rápido, vuelve a pintar mis nalgas con su mano.

—Sí —jadeo.

—Puedo notar lo jodidamente mojada que estás para mí —dice y deja que sus dedos exploren mis pliegues. Me toca, acercándome más, pero sin llegar a llevarme al límite.

Se detiene el tiempo suficiente para abrir el paquete del preservativo y asegurarlo sobre su miembro antes de hundirse en mí. Mikhail fuerza mi pecho contra la mesa, empujando mi espalda, sujetándome como él quiere.

Soy suya para hacer conmigo lo que le plazca.

Embiste contra mí.

No es ni un poco lento ni gentil.

Esto es para su placer, y no me importa porque se siente bien.

Gimo y me aferro a él mientras empuja en mi núcleo apretado y palpitante. Estoy cerca, pero no lo suficiente.

Extiendo la mano, tratando de tocar mi clítoris, queriendo llegar al orgasmo con él, cuando agarra mis muñecas y me inmoviliza contra la mesa de madera.

—¿Te dije que podías hacer eso?

Es rudo y dominante, y su orden hace que mi interior tiemble.

—No —susurro, aún más excitada por su autoridad.

—No te tocas cuando te estoy follando.

Gimoteo, pero es más porque estoy desesperada, necesitada y tan jodidamente cerca, porque me está privando de lo único que quiero ahora mismo: un orgasmo.

No debería estar haciendo esto con él. Hay otras formas de acercarse a un sospechoso que no sean follándoselo, pero es un poco tarde para dar marcha atrás, y, además, quiero esto.

Se siente bien. Él se siente jodidamente increíble.

—¿Vas a dejarme correrme? —pregunto.

Suelta su agarre de mis manos y extiende su mano entre mis piernas. Inhalo bruscamente; la anticipación es abrumadora. Pellizca mi clítoris, y exhalo un fuerte jadeo cuando lo golpea.

—¡No te corras! —ordena.

Mi interior tiembla, y estoy al borde. Mis dedos de los pies se curvan, estoy jadeando y apretando, y él se retira, privándome de mi liberación final.

—¡Joder! —Maldigo enfadada porque me llevó tan cerca del límite y luego retrocedió.

Se ríe, orgulloso de sí mismo. Mikhail me levanta y me gira para enfrentarlo.

—Eres mía —dice, agarrándome por la mandíbula, con su lengua trazando mi labio inferior—. Seré el único que te brinde un placer extremo.

Gimoteo en protesta. Mis rodillas son como gelatina, y me sostiene para que pueda sentarme en el borde de la mesa.

—Abre las piernas —ordena.

Hago lo que me indica, y se desliza entre mis muslos; su miembro está duro y grueso mientras entra en mí con un rápido movimiento.

Mis dedos se aferran a su hombro, y me recuesto, doblando mis piernas mientras embiste contra mí. La sensación crece, y el latido se intensifica con cada empuje.

Cierro los ojos con fuerza, y mis uñas arañan su espalda y bajan hasta sus nalgas, acercándolo más, más profundo, más apretado. Quiero cada centímetro de él.

—Quiero correrme —susurro, rezando para que me haya oído y esté dispuesto a complacerme.

Mi espalda se arquea, y mis dedos de los pies se curvan mientras me tambaleo cerca del límite. No estoy lista para que se retire, para que se aleje y me deje temblando y deseando más.

Me contraigo con fuerza, manteniéndolo encerrado dentro de mí, sujetándolo contra mi cuerpo mientras se acerca la primera oleada.

—Quiero sentir cómo te corres en mi polla —gruñe en mi oído.

Sus movimientos se aceleran, y me penetra más profundo, estirándome y llenándome por completo.

Unos fuegos artificiales estallan en la oscuridad mientras tiemblo. Mi agarre sobre él se intensifica mientras lo atraigo más contra mi cuerpo.

—Mikhail —susurro en su oído, con mis dientes

mordisqueando su lóbulo, deseando que se una a mí.

Lo hace.

Gruñe, y su respiración se intensifica, jadeando mientras se derrama dentro de mí.

Se retira, quitándose el preservativo y tirándolo a la basura. Bajo de la encimera y busco mi ropa en el suelo.

—Déjala —ordena.

—¿Quieres que me quede sin ropa?

—Puedes ponerte un delantal, pero nada más.

Me río por lo bajo.

—No tengo delantales —digo. Extiendo mi mano mientras él recoge su ropa—. ¿Qué tal si me pongo tu camisa mientras preparo la cena?

Me entrega su camisa blanca. Estaba impecable y limpia. Ahora está arrugada, pero aún conserva todos sus botones. Me la pongo, y él se me acerca, con sus manos alrededor de mis caderas.

—Déjala desabrochada —dice—. Te ves sexy llevando solo mi camisa.

Estoy segura de que me estoy sonrojando por su comentario. Me giro hacia la cocina, volviendo a encender el agua para hervir los fideos y empezando de nuevo con la salsa.

Mikhail se pone los calzoncillos y coge su móvil, mirando el dispositivo. Exhala un suave resoplido.

—¿Ocurre algo? —pregunto.

—Solo es trabajo —murmura y se pasa una mano por el pelo.

Es tosco y áspero. Los tatuajes que cubren sus brazos no son las únicas marcas en su piel. Hay cicatrices en su pecho y espalda. Reconozco algunas como heridas de bala, e imagino que las otras son heridas de arma blanca de algún tipo.

—¿Del mismo trabajo donde conseguiste esas cicatrices? —pregunto, señalando hacia su pecho—. ¿Es peligroso lo que haces?

Por supuesto, lo que hace es peligroso. También es altamente ilegal. No espero que me revele todos sus secretos, pero no parecería natural si no preguntara.

Cualquier mujer sensata que se acueste con un

hombre que tiene una docena de cicatrices está obligada a preguntar algo.

Su respuesta es áspera y corta.

—Las conseguí en la guerra —dice Mikhail.

—Oh —exhalo suavemente—. No sabía que estuviste en el ejército.

No me responde, y decido que ya he terminado de insistir con las preguntas, al menos por ahora. Necesito sacarle información, pero no parece querer hablar de ello.

—Tengo que atender esta llamada. ¿Te importa si voy a otra habitación?

—Claro, puedes usar mi dormitorio si quieres privacidad —digo.

—Gracias.

No le resulta difícil averiguar cuál es mi dormitorio. Esta es una casa tipo bungaló de un dormitorio para una sola familia. Es bonita y acogedora, pero no es práctica para una familia. Es perfecta para mí y mi historia de tapadera.

Mikhail sale de la cocina, va por el pasillo, y puedo oírlo brevemente hasta que cierra la puerta del dormitorio.

Aunque no puedo oír ni una palabra de lo que se está hablando, mi equipo tendrá toda su conversación grabada y accesible para ellos en el servidor en la nube.

Solo espero, por mi bien, que no se jacte ante uno de sus hombres de que acaba de acostarse con alguien.

Hay un fuerte golpe en la puerta principal. Bajo el fuego de la cocina. El agua aún no hierve, y no quiero que se desborde mientras estoy fuera de la cocina.

Nadie sabe que vivo aquí. Quien esté en la puerta no puede ser para mí. Probablemente sea algún niño vendiendo galletas o un vecino presentándose.

Miro por la mirilla y gimo.

Aaron Moore está al otro lado de la puerta.

Abro la puerta ligeramente.

—Ahora no es un buen momento —digo.

—¿Pensabas decirme que te habías mudado?

Resoplo por lo bajo y considero salir al porche cuando me doy cuenta de que no llevo nada más que la camisa de Mikhail. La cierro con la mano para evitar que Aaron vea más de lo debido.

—Me has seguido hasta casa.

Me sorprende bastante que Mikhail no se diera cuenta de que lo estaban siguiendo, pero Aaron es increíblemente bueno pasando desapercibido. Si me vio aparcar en el camino de entrada, entonces vio que tenía compañía.

—No sabía que estabas viendo a alguien —dice Aaron—. Podrías habérmelo dicho. Me habría apartado.

No le creo.

—¿En serio? Porque aquí estás, molestándome otra vez. ¿No es suficiente que vinieras a mi trabajo, sino que ahora apareces en mi casa?

Mikhail se aclara la garganta detrás de mí, y doy un respingo. No lo oí salir del dormitorio ni acercarse a mí en la puerta principal.

¿Cuánto de la conversación habrá escuchado?

Mikhail me agarra del brazo y me aparta de la puerta.

—Ya has oído a Madisyn. Sal de su propiedad, o te sacaré por la fuerza —dice Mikhail. Su acento ruso es marcado, y sus palabras, ásperas.

Trago el nudo que tengo en la garganta. ¿Reconoce Aaron a Mikhail?

Aaron no ha trabajado previamente con la división de crimen organizado transnacional. Su división se especializa en delitos de cuello blanco y maneja una multitud de casos e investigaciones relacionados con el fraude.

Mikhail cierra la puerta y la bloquea. Cruza los brazos sobre su pecho. Aunque lleva los calzoncillos puestos, no lleva nada más, y está impresionante.

—¿Tu exnovio te molesta a menudo? —pregunta Mikhail.

Abro la boca para decir que no es mi exnovio, y que es mucho más complicado, pero no quiero darle a Mikhail más información de la que necesita saber. Si Mikhail descubre que Aaron es del FBI, no quiero que le llegue la información de que yo también soy agente de la oficina.

—Se presentó hoy en el trabajo —digo, cuidando mis palabras—. Le dije que me dejara en paz.

—Claramente, no sabe escuchar, *Kisa* —dice Mikhail y exhala un suspiro—. Me aseguraré de que nunca más te moleste.

CAPÍTULO SEIS

MIKHAIL

—NO PENSÉ que vendrías a casa esta noche —dice Nikita. Una amplia sonrisa adorna su rostro.

Miro mi reloj mientras me quito el abrigo.

Mierda.

Olvidé el pendrive en mi bolsillo. Meto los dedos en mi abrigo de lana, pero no está allí.

No está en el suelo del vestíbulo. ¿Se me habrá caído mientras estaba en casa de Madisyn? Con suerte, estará en uno de los vehículos que utilizamos.

Me paso la mano por el pelo. Estoy exhausto. Es mucho más de medianoche. No había forma de que pasara la noche en su casa. Es mona y tiene carácter, pero nunca podría dormir, y tengo una reunión a primera hora de la mañana. Además, no puedo dormir en la cama de otra persona.

Siempre estoy alerta y en tensión cuando mis hombres no están cerca.

Demasiada adrenalina corre por mis venas, y ahora haber perdido el pendrive no ayuda.

Envié a Luka para que se quedara fuera de su casa en su coche. Necesito asegurarme de que esté a salvo y que ese cabrón de exnovio no vuelva a molestarla.

Quiero borrarle esa sonrisa arrogante de la cara. No sabe nada. Todo son suposiciones, y aunque me acosté con ella, no es asunto suyo.

—Quiero todo sobre el exnovio de Madisyn, Aaron.

—¿Tienes su apellido? —pregunta Nikita.

—Prueba con las redes sociales. —Un gruñido escapa de mi garganta. —No conseguí su apellido cuando lo estaba echando de su propiedad. Se presentó en su trabajo y la ha estado acosando. Quiero que uno de nuestros hombres la vigile en todo momento.

—¿Quieres darle un guardaespaldas?

—Luka es mis ojos por esta noche —digo e intento contener un bostezo—. Pero sí, hasta que la amenaza contra ella sea neutralizada, tendrá un guardaespaldas.

Nikita abre la boca y la cierra.

Una mueca cruza mi rostro. No me gusta cuando mis hombres tienen algo que decir, pero se abstienen de hacerlo.

—¿Qué pasa? —No estoy de humor como para que cuestione mis decisiones.

—¿No crees que es un desperdicio de personal tener a uno de nuestros hombres vigilándola? —pregunta Nikita.

—Lo que creo es que debes dejarme estar al mando, y tú debes concentrarte en averiguar todo sobre su exnovio.

—Sí, jefe —dice Nikita.

—Y avísame si encuentras ese pendrive plateado con una X roja en la parte inferior. La última vez que lo vi, lo puse en el bolsillo de mi abrigo.

Nikita sabe lo que hay en el pendrive. Formó parte del equipo que me ayudó a recuperar el dispositivo y a meterle una bala en la cabeza al hijo de puta que me traicionó, Leo Aminoff.

Leo robó información valiosa sobre nuestras casas seguras y nuestros turnos de guardia. Fue lo bastante estúpido como para poner un anuncio en la *dark web*, intentando vender la información al mejor postor.

Dmitri se dio cuenta del anuncio, y montamos nuestra pequeña operación para recuperar el pendrive y poner fin a la participación de Leo en la venta de nuestros secretos.

Al menos la información está encriptada, pero sigue siendo preocupante que pueda estar por ahí, esperando caer en las manos equivocadas.

—Por supuesto, señor. —Se dirige por el pasillo en dirección opuesta mientras yo subo las escaleras hacia mi dormitorio. Es tarde, y sabiendo que Madisyn está a salvo en casa, puedo cerrar los ojos y dormir unas horas.

————

Mi móvil me despierta de golpe.

—¿Diga? —Me froto los ojos para quitarme el sueño e intento concentrarme en quién llama. No miré el identificador de llamadas cuando contesté.

—Jefe, me pediste que la llevara al trabajo. Lo hice, pero acaba de salir corriendo por la puerta principal no hace ni cinco minutos.

Mi cerebro está confuso.

—¿Luka? —pregunto.

¿Quién más estaría hablando de alguna chica? Lo envié a vigilar a Madisyn anoche.

La luz de la mañana se filtra por un hueco entre las cortinas. Me incorporo en la cama, las sábanas caen alrededor de mi cintura e intento concentrarme un poco más en la llamada.

—Sí, ¿quieres que la siga o que la deje en paz? La dejé en su trabajo, pero no está dentro del edificio.

Mi mirada se endurece. ¿Adónde diablos va?

—Síguela, pero sé discreto —digo—. No quiero que sepa que está siendo vigilada.

Termino la llamada y vuelvo a caer en la cama. Mientras miro al techo, el sol sigue siendo demasiado brillante. Me cubro la cara con el brazo.

¿Adónde demonios va mi *Kisa*?

¿En qué lío se está metiendo?

Hay un fuerte golpe en la puerta de mi dormitorio.

—¿Qué? —grito al vacío. Quiero que me dejen solo para dormir. Pero parece que eso no va a ocurrir esta mañana.

—¿Debería volver más tarde? —pregunta Nikita a través de la puerta cerrada.

Gruño por lo bajo y cedo.

—Pasa —digo.

Nikita gira el pomo de la puerta de mi dormitorio y entra. Cierra la puerta tras de sí. Me mira, cuidándose de no comentar que todavía estoy en la cama a estas horas. No es tan tarde, apenas pasan las siete de la mañana, pero normalmente ya estoy levantado, tomando decisiones empresariales y trabajando.

—He investigado la información que solicitó usted sobre el exnovio de Madisyn.

—¿Y? —pregunto, esperando su respuesta.

Está ganando tiempo y se muestra incómodo al traerme los detalles que ha descubierto.

—¡Suéltalo ya! —No me gusta que me hagan esperar.

—Se llama Aaron Moore. Es federal, trabaja para el FBI —dice Nikita.

Expulso un fuerte suspiro y me incorporo en la cama.

—¿Es eso cierto? —digo—. ¿Y Madisyn Taylor? ¿Cómo se conocen?

—¿Aparte de follando? —Nikita se encoge de hombros. —No sabría decir. No hay pruebas de ningún tipo de relación entre ellos. Lo que lo hace aún más desconcertante, señor.

—¿Por qué? —pregunto. Me levanto de la cama y me dirijo a la cómoda. Necesito ducharme y vestirme, prepararme para afrontar el día. Lo que sea que traiga.

—Bueno, normalmente cuando tienes cualquier tipo de relación con alguien, hay recibos, mensajes de texto, fotografías, pruebas en las redes sociales —dice Nikita—. Sin embargo, todo eso suele ocultarse cuando se trata de una aventura con una persona casada.

—¿Y alguno de ellos está casado? —pregunto. Debería saber esa respuesta, ya que le pedí que investigara.

—No, no hay pruebas de que Madisyn o Aaron hayan estado casados con otra persona, ni entre ellos, de hecho.

Cojo mi ropa de la cómoda y entro a grandes zancadas en el baño, girándome para enfrentar a Nikita. No va a entrar aquí, y he terminado con esta conversación.

—Bueno, se conocieron. ¡Averígualo!

Cierro de un portazo la puerta del baño y me quito la ropa, encendiendo la ducha. Necesito limpiarme de los pensamientos que Nikita ha metido en mi cabeza.

Aaron Moore es un agente federal. No dio señales de reconocerme anoche, pero eso no significa nada.

Podría ser bueno en su trabajo, ocultando su sorpresa, especialmente si no estaba sorprendido.

¿Podría Madisyn haber sido infiltrada? ¿Es posible que haya tomado algunas malas decisiones y los federales tengan algo contra ella? ¿La están usando para llegar a mí?

¿Podría haber cogido el pendrive mientras le prestaba mi abrigo?

No, eso no es posible. La registré minuciosamente.

Me meto bajo el chorro de agua caliente y dejo que los últimos de esos pensamientos inquietantes se vayan por el desagüe.

Ningún agente federal sería tan estúpido como para aparecer mientras estoy en su casa.

Es una coincidencia, una que me revuelve el estómago. No me gusta que se haya estado acostando con un hombre de la ley, y peor aún, es su ex y parece no entender la indirecta de que la deje en paz. No parecían muy unidos.

Golpeo la pared de la ducha con el puño. Mis nudillos arden de dolor. Quiero gritar a pleno pulmón, pero solo preocuparía a mis hombres, y no necesito que entren corriendo al baño pensando que han asaltado nuestro complejo.

Después de la ducha, me visto y cojo mi móvil. No hay llamadas perdidas ni mensajes de Luka. Sin embargo, no ha pasado tanto tiempo desde que lo envié a vigilar a Madisyn.

¿Qué estará tramando?

¿Estará quedando con su ex? ¿Podría haberme traicionado?

Bajo las escaleras a toda prisa y entro como una bala en la cocina para servirme una taza de café.

Dmitri se está sirviendo una taza junto a la cafetera cuando entro en la cocina. Coge una segunda taza de la encimera, anticipándose a por qué estoy aquí.

—¿Alguna novedad sobre el cártel? —pregunto. Le di la orden de ejecutar a Carlos Sánchez.

Dmitri está llevando a cabo el proyecto, y necesito estar informado, especialmente si implica entrar en guerra con ellos. Aunque anoche no estuve disponible, ahora estoy aquí.

—¿Aparte de que Carlos trafica con armas y drogas? —Dmitri me sirve una taza y me la entrega antes de dar un sorbo a su humeante café.

—Algo nuevo —digo.

—Tengo hombres vigilando sus rotaciones, tomando notas sobre sus rutas de suministro. Sabemos de un socio al que han intentado robarle el negocio.

—Un proveedor —digo, acariciándome la barba. Eso no es información nueva—. ¿Qué más tienes? —Necesito más que simples fragmentos. No le ofrecí a Dmitri el puesto de subjefe para que se quedara sentado todo el día.

—Tengo hombres vigilando a los oficiales de alto rango de Carlos. No están haciendo ningún movimiento sin que lo veamos.

—Te pago para que hagas algo más que vigilar al cártel. —Golpeo la taza de café contra la encimera. El contenido caliente salpica mi mano, pero ignoro el dolor abrasador.

Dmitri da un paso tentativo hacia atrás. Sus ojos se abren de par en par y endereza su postura.

—Te aseguro que estamos haciendo todo lo posible para localizar a Carlos Sánchez. Ha desaparecido.

Mis fosas nasales se dilatan mientras inhalo profundamente por la nariz.

—Alguien debe de haberle informado de que mis hombres van a ejecutarlo.

No puede ser coincidencia que Carlos ya no esté a la vista. Probablemente se haya escondido en una casa segura. Dudo que esté bajo custodia protegida. No es un hombre que haga tratos.

Compartimos eso en común.

—Puedo asegurarte que no fue ninguno de tus hombres —dice Dmitri.

Cojo mi café y doy un sorbo. La porcelana está caliente y ligeramente mojada por el derrame anterior. —¿Cómo puedes estar seguro?

Mi móvil vibra en mi bolsillo.

—No hemos terminado esta conversación —digo, y cojo el teléfono—. Mikhail —contesto. Llevo el móvil y mi taza de café fuera de la cocina hasta mi despacho.

—Tengo a tu chica vigilada, pero me ha visto —dice Luka.

Exhalo un fuerte suspiro y dejo la taza sobre mi escritorio.

—¿Qué tan malo es? —pregunto.

—Quiere hablar contigo.

CAPÍTULO SIETE

MADISYN

ESA MISMA MAÑANA, *más temprano...*

No me atrevo a admitir que disfruté la noche con Mikhail, pero lo que sucedió fue puramente profesional. Tuve que acostarme con él para acercarme, para ganarme su confianza.

Pero con solo pensar en él siento un calor interior.

No.

Es un monstruo. No puedo dejar que se meta en mi cabeza.

Me ducho, me visto y salgo a recoger el periódico en la entrada cuando veo un vehículo oscuro de cuatro puertas aparcado frente a la casa.

El caballero tras el volante me resulta familiar. Es el mismo hombre que conducía el todoterreno cuando Mikhail era pasajero aquella noche lluviosa.

—Luka —susurro, recordando su nombre.

Me acerco sigilosamente a su coche. No está siendo precisamente discreto. Me inclino hacia la ventanilla del copiloto, y él la baja.

—¿Qué estás haciendo? —pregunto.

—¿Llevarte a algún sitio? —Luka ofrece una cálida sonrisa amistosa. No encaja con su personalidad. Está mintiendo. Puedo ver a través de esta farsa; no hace falta ser agente del FBI para notar que su respuesta es una mentira.

No le creo.

—¿Cuánto tiempo llevas ahí fuera?

—El suficiente para asegurarme de que ese exnovio tuyo no vuelva a visitarte.

Me pellizco el puente de la nariz.

—¿De eso se trata? ¿Mikhail está celoso?

—No, Mikhail quiere asegurarse de que estés a salvo. No confía en él —dice Luka. Es más franco de lo que esperaba—. No le gustó que Aaron apareciera en tu casa después de que le dijeras específicamente a ese caballero que te dejara en paz.

—¿Mikhail te contó todo eso?

Luka asiente levemente.

—Solo estoy cuidando de ti. Puedo llevarte al trabajo esta mañana.

Miro hacia mi casa.

—Vale, dame diez minutos.

———

Luka me deja en el trabajo, y entro en el edificio para usar el baño de la planta principal antes de salir de nuevo por las puertas dobles hacia la cafetería.

No voy allí solo por el café. Es uno de los lugares de encuentro para intercambiar información con mi contacto, la Agente Especial Savannah Blakely.

Me abrigo bien y me apresuro calle abajo. Cuanto más rápido llegue, más calor tendré. Entro en la cafetería y paso justo al lado de la Agente Blakely. Me dirijo al pasillo y rodeo hacia la parte trasera del edificio. Me cuelo en el almacén y paso por una puerta oculta que me lleva a otra parte del edificio, escondida.

Dos minutos después, la Agente Blakely se une a mí.

—No estaba segura de que vendrías —dice Savannah. Su largo cabello rubio está impecable, incluso con el viento y el frío. Es sorprendente cómo parece una maldita modelo. Fácilmente podría haberse infiltrado y robado la atención de Mikhail.

—Bueno, aquí estoy. Establecí contacto con Mikhail Barinov anoche. Estuvo en mi casa —digo, omitiendo los detalles sobre nosotros en la cocina—. Hizo una llamada privada mientras estaba en mi dormitorio. Deberíais revisar la vigilancia para ver con quién contactaba.

—Ya estamos en ello.

—¿Y qué demonios pasa con Aaron? —pregunto.

—¿A qué te refieres? —Savannah es una de las pocas personas que saben que Aaron y yo nos acostamos. No es que quiera que sea de conocimiento común, no lo quiero, pero ella me advirtió que podría arruinar mi carrera.

—Apareció dos veces ayer, una en mi trabajo y otra en mi nueva casa.

Los ojos de Savannah se abren al darse cuenta de la implicación.

—Te está siguiendo.

—Debe ser eso. No parece darse cuenta de mi misión, y no me siento cómoda contándoselo si no forma parte del círculo interno —digo.

Sus ojos azules se entrecierran y su mirada se tensa.

—Hablaré con Barrett sobre el comportamiento de Aaron.

Exhalo un profundo suspiro.

—No quiero empeorar las cosas. —Echo la cabeza hacia atrás y gimo. —Si Mikhail descubre que Aaron es del FBI, podría arruinar toda la investigación.

—Olvídate de arruinar la investigación. Podría costarte la vida. —Savannah se acerca. —Me preocupa que sigas encubierta. Creo que deberían sacarte antes de que se complique más. Podemos encontrar a otra persona y empezar de cero para ganarnos la confianza de la bratva.

—¡No! —Debería estar agradecida de que Savannah intente protegerme. Es una buena agente, de las mejores, pero no quiero que me saquen de la misión y me reasignen a otra investigación, o peor aún, que me obliguen a ver a otra agente interactuar con Mikhail.

Savannah alza una ceja.

—¿No?

Exhalo un suspiro pesado e intento ordenar mis pensamientos.

—Ya me he ganado la confianza de Mikhail. Tirar todo eso por la borda no tiene sentido. Déjame hacer mi trabajo. Solo mantén a Aaron lejos de Mikhail y la bratva.

—Tenemos información de que el cártel está robando a la bratva. ¿Has oído algo?

No he conseguido ninguna información sobre sus acuerdos comerciales.

—No, Mikhail y yo no hablamos de negocios —digo—. No confía en mí para ese tipo de información.

Hay un ruido al otro lado de la puerta, y ambas guardamos silencio. Alguien está en el almacén.

Ya sea un empleado o alguien que no debería estar allí, permanecemos calladas hasta estar seguras de que estamos solas y nadie está escuchando.

La voz de Savannah baja hasta apenas un susurro.

—Aún no formas parte de su círculo íntimo, pero te llevará a él. Es inevitable.

—¿Qué te hace pensar eso? —pregunto.

Savannah niega con la cabeza. No quiere hablar de ello. Ya sea porque cree que alguien está escuchando o porque se nos ha acabado el tiempo, tengo que volver a la cafetería.

—Ten cuidado —dice.

Espero un momento, escuchando al otro lado de la puerta del almacén.

Silencio.

Me cuelo en el cuarto de suministros, pero estoy sola. Cierro la puerta tras de mí y salgo por la puerta principal hacia el pasillo. Me pongo en la fila para pedir un café. Ya que estoy aquí, bien podría hacerlo.

Al acercarme al mostrador, siento un par de ojos fijos en mí desde el otro lado de la sala. Luka está sentado en un reservado de la esquina, con su mirada clavada en mí.

¿Me está siguiendo?

La barista me entrega mi vaso justo después de pagar. Hoy están rápidos.

No quiero que note a Savannah; no es que espere que sepa quién es ella, pero es mejor mantener su atención completamente enfocada en mí. Bloqueo su visión del pasillo y me alzo sobre él.

—¿Qué haces aquí? ¿Me estás siguiendo?

Luka sonríe y se encoge de hombros. No dice nada.

—¿Te ha enviado Mikhail? ¿Para espiarme?

La mirada de Luka está fija en la mía, lo cual es un alivio. Veo a Savannah dirigiéndose a la entrada principal y saliendo por la puerta.

—Solo estoy aquí por una taza de café —dice Luka.

Bajo la mirada a la pequeña mesa frente a él. No hay rastro de café. No hay té ni siquiera un vaso de agua.

—Estás mintiendo. Llama a Mikhail. Ponlo al teléfono.

Se recuesta en el reservado, bastante satisfecho consigo mismo y sin sentirse intimidado por mí en absoluto.

—Mikhail es un hombre ocupado. No tiene tiempo para tus juegos infantiles —dice Luka.

—¿Mis juegos? Tú eres quien me ha seguido hasta la cafetería. —Intento mantener la voz baja para que nadie nos oiga, pero me resulta difícil no montar una escena delante de él. Sostengo el vaso de café en la mano, intentando no apretar tanto como para que se salga la tapa y se derrame por la frustración.

Luka saca su móvil del bolsillo de su abrigo.

—Vale, lo llamaré, pero no le hará gracia oírme.

—Me lo imagino, sobre todo cuando le digas que te he pillado espiándome.

Marca el número de Mikhail. Al menos, supongo que es a él a quien llama. Espera un momento antes de hablar por teléfono.

—Tengo controlada a tu chica, pero me ha descubierto —dice Luka.

Extiendo mi mano, indicando que quiero el móvil.

—Quiere hablar contigo —dice Luka y me entrega su dispositivo.

—¿Qué demonios estás haciendo mandando a que me sigan? —Ni siquiera intento mantener la voz baja. Puedo sentir varias miradas fijas en mí porque estoy interrumpiendo su descanso matutino para el café. Pues qué pena.

Mikhail se aclara la garganta.

—Luka solo intentaba asegurarse de que ese exnovio tuyo te deje en paz.

—No necesito un guardaespaldas —digo, mirando fijamente a Luka mientras hablo con Mikhail por teléfono.

Luka hace una mueca y se encoge de hombros, como si quizás sí lo necesitara. ¿Cuánto sabe este tío sobre Aaron?

—No estoy de acuerdo —dice Mikhail—. Podemos discutirlo esta noche en mi casa después de que salgas del trabajo.

No esperaba una invitación tan directa.

—¿Quieres verme esta noche? —Estaba preocupada

de que pudiera haber perdido el interés después de acostarnos y marcharse tan rápido.

—¿Ya tienes planes? —pregunta Mikhail. Hay un toque de molestia en su tono.

—Sí —digo. Es mentira. No puede pensar que no tengo vida, que no tengo amigos, o al menos compañeros de trabajo con los que tomar algo de vez en cuando.

—Cancélalos —dice Mikhail. Es tajante y abrupto. No hay lugar para discusión—. Vendrás a mi casa después del trabajo.

Es exigente; una clara señal de alarma si he visto alguna, pero no estoy pensando en salir con él. Esto es trabajo encubierto, y tengo que hacer lo que sea necesario para acercarme a él.

—¿No te cansarás de mí? —pregunto y suelto una débil risa nerviosa. No estoy ni un poco inquieta, pero estoy exagerando, especialmente con Luka observando cada uno de mis movimientos.

No hay nadie en quien pueda confiar dentro de la organización bratva.

—Luka te llevará a mi casa cuando termines el trabajo. Hasta entonces, tiene órdenes de protegerte.

—Esa es una forma de verlo —murmuro al teléfono.

—¿Qué has dicho? —pregunta Mikhail.

No estoy segura de si ha oído mi comentario o finge que no.

—Te devuelvo con Luka —digo y le meto el móvil en la palma de la mano.

No espero a oír otra palabra de Mikhail, y desde luego no espero a Luka. Me apresuro a salir por la puerta de la cafetería. No es como si Luka no supiera ya adónde me dirijo.

———

—¿Dónde está mi café? —pregunta Hannah mientras termino el último sorbo de mi bebida y tiro el envase vacío a la papelera.

—En la cafetería —digo, y señalo detrás de mí hacia las puertas del ascensor.

Hannah se ríe y me da un codazo en el hombro.

—La próxima vez, cómprame uno. Te lo pagaré.

—Claro. Lo siento, ni siquiera lo pensé. —Me apresuro por el pasillo para cambiarme y ponerme el uniforme.

Ella me sigue, ya vestida, pero parece que quiere compañía o hablar. No puedo distinguir cuál de las dos. No es que no tengamos una carga de trabajo enorme, pero Hannah es la mariposa social de por aquí y no pierde una oportunidad para entablar conversación.

—Pareces distraída. ¿Está todo bien? —pregunta Hannah.

Exhalo un fuerte suspiro. ¿Qué puedo compartir con Hannah? Cualquier cosa que le diga podría repetirse fácilmente, y hacerle saber que soy del FBI está absolutamente descartado.

—He empezado a ver a un chico —digo. Abro mi taquilla y saco mi uniforme.

Ella cruza los brazos sobre el pecho y sus ojos se ensanchan.

—Continúa. —Quiere detalles.

Me visto lo más rápido posible. Cuanto antes termine, menos historia tendré que contar.

—Mi coche se averió; en resumidas cuentas, me dejó quedarme en su casa, y ahora estamos... bueno, no sé lo que somos, pero nos acostamos.

—¿Es ese el tipo que apareció abajo ayer después del trabajo?

—No, ese es mi exnovio. Otro desastre con el que estoy lidiando por aquí —digo. Termino de vestirme y me pongo los zapatos.

—Bueno, estaré atenta por si veo a tu ex. Si lo veo, no dejaré que se acerque a ti. —Hannah levanta los brazos como si estuviera a punto de entrar en un *ring* de boxeo para protegerme.

Esbozo una sonrisa.

—Gracias. —Cogiendo mi placa, la aseguro en mi uniforme.

—Tienes un nuevo paciente en la 218 —dice Hannah. Su semblante es espantoso. Hay algo detrás de sus ojos. ¿Es miedo? —Lo siento. —Sus palabras apenas son más audibles que un susurro, pero las oigo mientras se apresura hacia el extremo opuesto del pasillo.

—No entiendo —murmuro en voz baja.

¿Por qué se está disculpando?

Mientras me acerco al control de enfermería, veo que la habitación 218 está justo al otro lado del pasillo. Observo bien al corpulento caballero con su elegante traje y pelo con demasiada gomina, que parece un poco crujiente.

Está haciendo guardia fuera de la 218.

Tiene los brazos cruzados sobre el pecho y los ojos entrecerrados mientras su mirada me sigue al pasar delante de la habitación.

¿Por qué hay un guardaespaldas? El hombre no es ruso y desde luego no es uno de los de Mikhail, pero lo reconozco.

Es colombiano y pertenece al cártel Sánchez, Enrique Sánchez.

Por suerte, no nos hemos cruzado antes. Me apresuro a pasar junto al guardia y me deslizo alrededor del control de enfermería para revisar el expediente y la información de nuestro nuevo paciente, Víctor Hernández, en el sistema informático.

Carlos se ha sometido recientemente a una cirugía tras recibir cuatro disparos en el pecho.

Ay.

¿Quién le disparó?

¿Es por eso que tiene un guardaespaldas apostado fuera de su habitación? No es un oficial ni nadie del equipo de seguridad del conserje quien vigila al paciente.

Miro disimuladamente al caballero que hace guardia. Es uno de las docenas de hombres que están siendo investigados por lavado de dinero y tráfico de drogas.

No reconozco el nombre del paciente, lo que significa que no es su líder, Carlos Sánchez, ni ninguno de sus altos cargos.

No es ningún secreto que el cártel se ha expandido por toda la ciudad y ha sido hostil con la bratva.

¿Habrá sido la bratva quien hizo esto? ¿Poner a este

hombre bajo nuestro cuidado con cuatro heridas de bala en el pecho? Es un milagro que siga vivo.

Me dirijo hacia la habitación del paciente, pero Enrique me detiene antes de que pueda poner un pie dentro.

—Necesito revisar al paciente —digo, señalando la puerta—. ¿Vas a dejarme pasar o necesito llamar a seguridad para que te saquen?

Enrique se aparta y me deja pasar antes de volver a bloquear la entrada de la puerta.

No es de extrañar que Hannah se disculpara por tener que lidiar con el cártel. ¿Sabía que era el cártel, o solo estaba preocupada porque el tipo que estaba fuera de la habitación del hospital parecía intimidante?

Víctor está dormido cuando entro en su habitación. Toco el teclado de la estación de trabajo en su habitación y abro su historial médico electrónico para anotar sus constantes vitales. Realizo los procedimientos habituales (tensión arterial, pulsioxímetro, temperatura), y él abre los ojos.

Los tiene vidriosos y enrojecidos.

—Terminaré pronto —digo—. ¿Puedo traerte algo?

Su mirada se desliza por mi uniforme.

—¿Dónde está la falda corta? —pregunta—. Pensaba que las enfermeras llevaban esos uniformes sexys para que los pacientes se sintieran mejor.

Si no estuviera encubierta, le daría un puñetazo al cabrón.

—Este es mi uniforme —siseo. Ni siquiera finjo una sonrisa.

Su mano se acerca, y me aparto de su alcance antes de que pueda tocarme. Anoto sus constantes y bloqueo la estación de trabajo antes de salir de la habitación.

El matón fuera de la puerta se hace a un lado.

Otras dos enfermeras me miran con disculpa por tener que lidiar con Víctor.

¿Se dan cuenta de que es del cártel o simplemente sienten lástima porque soy la chica nueva y me tocan los pacientes con los que ellas no quieren tratar?

Agarro a Hannah del brazo y la llevo a otro pasillo, fuera de la vista del guardaespaldas.

—¿Con qué frecuencia trae el cártel a sus hombres aquí para recibir atención?

—¿Son del cártel? —Los ojos de Hannah se ensanchan. —Pensaba que solo era un asqueroso traficante de alguna banda. Es la primera vez que lo veo, pero el guardaespaldas es prácticamente habitual. Quizás una vez cada pocos meses traen a alguien que ha sido tiroteado o apuñalado y necesita cirugía. Todas echamos a suertes para decidir quién tiene que tratarlos.

—¿Y como soy la nueva enfermera de la unidad, me eligieron a mí? —No estoy ofendida en absoluto. Trato con matones y ladrones con bastante frecuencia en mi línea de trabajo. Le sonrío débilmente a Hannah; no quiero que piense que estoy enfadada con ella. —Está bien. Puedo manejarlo.

—¿Al guardaespaldas o al paciente? —pregunta Hannah. Suelta una risa nerviosa y juguetea con sus manos frente a ella.

—A ambos. Ya he tenido que atender una buena parte de ogros.

Ella se ríe, y la tensión desaparece de sus hombros.

—Vale, bien.

Cuando se acerca la hora del almuerzo, bajo a la cafetería para comer algo rápido.

Al salir del ascensor, dos hombres están discutiendo. Uno de ellos es Mikhail Barinov. El otro es Carlos Sánchez.

El cártel y la bratva.

Paso de largo junto al alboroto y me dirijo a la cafetería, fuera de la vista. No estoy segura, pero puede que Mikhail me haya visto. Aun así, no voy a meterme en medio de dos hombres que se enfrentan y se lanzan amenazas.

Los dos hombres causan bastante conmoción, atrayendo a varios curiosos, y finalmente oigo las pesadas botas de seguridad obligando a los dos hombres a interrumpir el intercambio.

Pago mi comida y tomo asiento en una mesa cercana. Puedo ver el caos a través de la ventana de cristal. No hay muchas opciones disponibles para sentarse, y aunque preferiría esconderme en un rincón y no ser vista, la única posibilidad que tengo de hacerlo es llevar mi comida arriba, a la unidad.

—¡Madisyn! —Mikhail grita mi nombre mientras los guardias de seguridad intervienen.

Su mirada está fija en mí.

Incluso si quisiera esconderme, ¿adónde iría? ¿Debajo de la mesa?

Exhalo un profundo suspiro y me levanto, dejando mi bandeja de comida sin vigilancia mientras salgo de la cafetería al pasillo donde los dos hombres están discutiendo.

A Víctor lo están escoltando hacia la puerta principal.

Mikhail no parece estar tan dispuesto a marcharse.

—Señor, vamos a tener que pedirle que se vaya —dice el oficial de seguridad.

—¡Madisyn! Ella puede responder por mí —dice Mikhail.

Me acerco al pasillo, deseando poder ser invisible.

No tengo tanta suerte.

—¿Conoce a este caballero? —pregunta el guardia de seguridad.

Los ojos de Mikhail buscan frenéticamente los míos, suplicándome silenciosamente por mi ayuda.

—Por desgracia, sí.

CAPÍTULO OCHO

NO PRETENDÍA INVOLUCRAR A MADISYN, pero el mediocre de seguridad de la clínica no sabe quién soy. Debería quitarle el trabajo por intentar obligarme a marcharme.

Soy copropietario de este establecimiento, no solo un cliente.

Por eso estoy furioso de que Carlos Sánchez aparezca buscando atención médica. Hay otros hospitales, clínicas y médicos que podría visitar en cualquier otro lugar.

No puede pisar mi territorio solo porque le resulta conveniente.

—¿Puede decirle que tiene que marcharse, o tendremos que llamar a la policía? —le dice el guardia de seguridad a Madisyn.

Ella está con su uniforme y tiene el pelo ligeramente despeinado, y parece agotada.

¿Es culpa mía? ¿No pudo volver a dormirse después de que me fui?

—Vamos, te acompañaré afuera —dice Madisyn.

No sé por qué pensé que se enfrentaría al guardia de seguridad y le diría al cabrón que me dejara en paz, que estaba conmigo. Fue ingenuo por mi parte. Esta no es su batalla. Demonios, ni siquiera sabe o entiende por qué estoy discutiendo con Carlos Sánchez.

Me zafo del agarre del guardia y acompaño a Madisyn hasta la puerta principal. El guardia de seguridad nos observa todo el tiempo. Ella no necesita salir al frío. Está temblando cuando las puertas automáticas se abren y una ráfaga de aire helado entra en el atrio.

—¿Quieres contarme qué está pasando? —pregunta Madisyn.

No me sorprende que tenga muchas preguntas, y quiero hablar con ella, pero necesito saber que puedo confiar en ella, que es leal y que me apoya.

—¿Aparte de que ese hombre no pertenece aquí?

Ella ofrece una débil sonrisa mientras sale conmigo.

—¿Estás bien?

Hace un frío terrible. El sol está alto, pero puedo ver mi aliento con cada exhalación.

Madisyn debe estar helada. Se abraza a sí misma y se balancea de una pierna a otra para mantenerse caliente.

No quiero que coja un resfriado por mi culpa.

—Vuelve dentro antes de que te enfermes. —Meto las manos en los bolsillos de mi abrigo.

—No sé qué está pasando, pero tienes que irte antes de que ese guardia llame a la policía —dice Madisyn y mira por encima de su hombro.

El guardia de seguridad sigue en el pasillo, observando nuestro intercambio. Aunque no puede oír lo que estamos diciendo, probablemente se está asegurando de que me voy. Tiene un *walkie-talkie* en la mano, y estoy seguro de que, si no me muevo, va a llamar a la policía local.

No necesito más drama ni problemas.

No hay rastro de Carlos fuera. Probablemente ya encontró transporte y se marchó.

—Está bien, me iré. Pero Carlos no tiene ningún derecho a estar aquí. No quiero que vuelva a poner un pie en ese edificio.

Soy copropietario del establecimiento. ¿No tengo voz en quién dejamos entrar por la puerta principal?

—Ocúpate de eso otro día. ¿Vale? —dice Madisyn—. Sea lo que sea que esté pasando, da un paseo, relájate.

—No puedo. Uno de mis hombres recibió un disparo por culpa de ese bastardo, Carlos. —He intentado mantener mi temperamento bajo control y manejar esto profesionalmente. Me presenté en el centro de la clínica buscando a Madisyn.

No esperaba encontrarme al cártel merodeando abajo, en el vestíbulo.

Hubo un tiroteo entre mis hombres y el cártel.

Nunca consideré que ambos apareceríamos en el mismo lugar buscando tratamiento.

Ir al hospital está fuera de cuestión. Uno de nuestros guardias de la puerta principal, Ivan, recibió un disparo cuando el cártel amenazó nuestra casa.

Nunca consiguieron entrar. Fue una advertencia porque estamos acorralando a Carlos. Envió a sus matones de bajo nivel para vengarse.

—Necesito que vengas conmigo.

—¿Qué? ¿Ahora? —Madisyn mira hacia el edificio. —Tengo que estar arriba en veinte minutos.

El tráfico nos llevará al menos ese tiempo para llegar al complejo, sin mencionar el tiempo que llevará coser a Ivan.

—Ven conmigo. —No es una oferta. Es una orden. Le agarro del brazo y la llevo hacia el SUV que nos espera. El vehículo está aparcado junto a la entrada principal.

Ivan está tumbado en el asiento trasero. Quería llevarlo dentro para que lo atendieran, pero si el cártel está rondando por el centro médico, entonces no es seguro para él.

—Entra —digo. Tengo mi arma encima y podría amenazarla con ella si no obedece.

Ella percibe mi urgencia y sube al asiento trasero.

—Necesita entrar para recibir tratamiento —dice Madisyn mientras sube al asiento junto a él.

—No con el cártel merodeando. Entré para conseguir una silla de ruedas para cargar a este desgraciado dentro, pero me encontré con Carlos.

Subo al asiento delantero.

El motor está encendido. El vehículo ya está caliente.

Piso el acelerador y avanzamos de golpe. No puedo quedarme esperando a que llegue seguridad o la policía, no con Ivan perdiendo ya mucha sangre en el asiento trasero.

—¿Adónde nos llevas? —pregunta Madisyn.

—Al complejo —digo y miro por el retrovisor. No hay señal de Carlos o del cártel.

Ella exhala un suspiro profundo.

—Quítate el abrigo.

—¿Qué? —pregunto, mirándola de nuevo.

—Necesito detener la hemorragia. No me voy a quitar la blusa. No llevo nada debajo. Dame tu abrigo —dice Madisyn. La chica prácticamente me está dando órdenes, pero hago lo que me pide.

Me lo quito mientras conduzco, lo que no es fácil, y se lo paso entre los dos asientos.

—Toma.

Le pediría que no lo manchara de sangre, pero como creo que va a presionarlo contra su herida para detener la hemorragia, supongo que me despido de ochocientos euros por una chaqueta de traje.

—Déjame llevarlo dentro de la clínica —dice Madisyn—. Si es por el guardia...

—Esto no tiene nada que ver con ese estúpido guardia —murmuro.

El tráfico está congestionado delante. Giro bruscamente a la derecha, e Ivan gime de dolor, o quizás es el repentino giro brusco lo que no ayuda.

—¿Puedes conducir con un poco más de imprudencia? —me grita Madisyn.

—El tráfico estaba parado. Estoy intentando que nos dirijamos allí enteros, rápido. —Quizás debería haberla dejado en el trabajo y haber recogido a otra enfermera, alguien más amable.

Piso el acelerador con más fuerza, zigzagueo por carreteras secundarias, y me salto dos semáforos justo cuando se ponen en rojo y luego paso volando por una señal de *stop*.

Estoy atento a cualquier policía, pero tengo prisa.

—¿Cómo está ahí atrás? —pregunto.

—Ha perdido mucha sangre. Su pulso está bajando. Necesito que des la vuelta y nos lleves de regreso al centro de conserjería.

Resoplo por lo bajo.

—Ni hablar. No mientras el cártel nos esté esperando.

—El cártel no os estaba esperando —dice Madisyn. Su respuesta es un poco demasiado rápida.

—¿Qué quieres decir? —gruño.

¿Qué sabe que no me está contando?

—Uno de mis pacientes parece que probablemente sea del cártel —dice Madisyn—. Tenía un guardaespaldas fuera de su habitación.

—¿Cómo se llama? —Pararía el SUV e interrogaría a Madisyn, pero cada segundo podría significar la vida o la muerte para Ivan.

Mi soldado en el asiento trasero respira superficialmente, y los gemidos y muecas de agonía están disminuyendo.

—No puedo decírtelo, y este no es el momento, Mikhail —me dispara. Está cabreada.

Quizás me lo merezco. Aunque, por otra parte, todavía estoy ardiendo por descubrir que su exnovio es un agente federal. Desde luego no necesito que ande husmeando.

—Mantenlo vivo, *Kisa*. Tu vida depende de ello.

—¿Mi vida? —pregunta Madisyn, con la voz cada vez más alta—. Salí del trabajo temprano y probablemente me despedirán por ayudarte. Así que, sí, parece justo amenazar mi vida cuando lo único que estoy haciendo es ayudarte.

Es atrevida. Se lo concedo.

—¿En serio? ¿Es todo lo que estás haciendo? ¿No estás trabajando con tu exnovio para conseguir trapos sucios sobre mí?

Miro hacia arriba en el retrovisor, clavándole la mirada.

Tiene el ceño fruncido, y tan pronto como nuestras miradas se cruzan, niega con la cabeza y vuelve a centrar toda su atención en Ivan.

Bien, necesita mantenerlo vivo.

No quiero tener que matarla. Sería una verdadera lástima.

—Descubrí que tu ex es del FBI. Un agente especial del FBI —digo.

No ha devuelto mi mirada; su atención está en Ivan.

Vuelvo a mirar la carretera, donde necesito estar prestando atención. Otro giro brusco a la derecha y he desviado nuestra ruta alrededor del atasco.

—Sí, ¿y qué? Es solo su trabajo. ¿Por qué importa? —pregunta Madisyn.

Me aclaro la garganta. Cuando lo plantea así, me siento como un imbécil.

No le he dicho que soy de la bratva o que mis socios son mis hermanos de sangre.

No quiero estar en la cama con alguien que podría estar filtrando mis secretos al enemigo.

—No me gustan los policías husmeando en mi propiedad —digo. Tengo que preguntar, aunque no quiera darle pistas de que falta—. ¿Me has robado algo?

—¡Por supuesto que no! ¿De qué estás hablando? ¿Qué podría haberte robado?

No respondo a su pregunta. Vuelvo a la conversación sobre Aaron.

—¿Sois amigos? No me gusta cómo apareció anoche.

—¿Parecía que fuéramos amigos anoche cuando vino a mi casa a molestarme? —espeta Madisyn.

Tiene razón. Por eso hice que Luka la vigilara de cerca, asignándole un guardaespaldas en caso de que él volviera a aparecer. Aunque en ese momento se trataba más de protegerla, ahora necesito que Luka la vigile para asegurarse de que no le está revelando nada.

Más aún ahora que la traigo para ayudar a Ivan; va a ver cosas que no podrá borrar de su mente.

Llegamos a la entrada de la verja. Uno de mis hombres nos deja entrar y cierra el artilugio metálico tras nosotros. Aparco frente a la entrada principal y apago el motor.

La puerta principal se abre. El asistente debe haber avisado a mis hombres en la entrada. Nikita y Dimitri salen corriendo y abren la puerta trasera, ayudando a llevar a Ivan dentro. Está desplomado hacia delante, y cada hombre le pasa un brazo alrededor del hombro mientras lo maniobran por los escalones principales y hacia el interior del recinto, mientras intentan mantener la chaqueta ensangrentada en su sitio para evitar que se desangre.

Ivan está pálido. Siempre ha sido de piel un poco clara, pero tiene un aspecto espantoso. El sudor perla su frente mientras mis hombres arrastran su cuerpo dentro.

Le lanzo las llaves a Luka cuando sale.

—Apárcalo por mí —le digo.

Madisyn sale del asiento trasero después de que Ivan sea sacado por dos de mis hombres.

—Vas a entrar conmigo —digo y le indico que me siga.

Está justo detrás de mí.

Sus manos están ensangrentadas y el uniforme marcado de carmesí, manchado por ayudar a uno de mis hombres.

Necesitará cambiarse de ropa y ducharse, pero no antes de curar a Ivan. Tiene trabajo que hacer.

Madisyn me sigue de cerca. Está dentro y me acompaña por el pasillo donde mis hombres han llevado a Ivan.

—Vas a necesitar suministros —digo y la guío hacia un armario de almacenamiento.

Abro la puerta del armario e ignoro la expresión de su cara. Está sorprendida de que esté preparado. No estaría tan sorprendida si supiera que este no es nuestro primer rodeo. Las peleas con cuchillos y las heridas de bala son efectos secundarios desafortunados del trabajo.

Hay más que suministros básicos en el armario. Tengo de todo, desde grapas quirúrgicas hasta agujas de sutura. Hay un montón de gasas, alcohol para frotar, un surtido de drogas ilícitas y de prescripción y equipo intravenoso para cirugía menor.

Hace dos años, perdí a un hombre porque no tenía el equipo adecuado. Es por eso que me asocié con Steele Concierge Medical. Se suponía que iba a facilitar las cosas. No hacen preguntas ni involucran a la policía. Pero el cártel tampoco debería haber estado allí.

Era exclusivamente nuestra instalación, junto con algunos multimillonarios y empresarios adinerados que querían las ventajas de un centro de conserjería.

Nunca debió estar abierto al público. ¿Por qué demonios estaba Carlos en el vestíbulo? Si sus hombres necesitaban atención médica, podían ir al hospital.

Madisyn había mencionado que uno de sus asociados había estado en su unidad.

¿Quién?

Ivan había disparado a algún cabrón que le había atacado, pero cuando mis hombres llegaron para respaldarlo, el cártel ya se había marchado.

———

—Has hecho un buen trabajo —digo mientras ella termina los últimos puntos en el abdomen de Ivan después de extraer las balas.

—Va a necesitar descansar, y realmente debería tomar algunos antibióticos para asegurarse de que sus heridas no se infecten.

—Dime lo que necesita, y lo conseguiré —digo.

No va a ir a un hospital, y ciertamente no vamos a ir a Steele hasta que el cártel se haya ido.

—No tengo mi talonario de recetas —dice ella.

No me había dado cuenta de que era una enfermera facultativa y podía recetar medicamentos. Tenerla cerca sería útil.

Aunque nunca le había preguntado exactamente a qué se dedicaba.

—No pasa nada. Solo escribe lo que necesita. Yo me encargaré del resto —digo. Le doy un bloc de notas, y ella anota los medicamentos y las dosis.

Después de que haya escrito la información, se la entrego a Dmitri.

—Ocúpate de esto —digo.

—¿Así es como manejas las cosas? —pregunta Madisyn—. ¿Haces que tus hombres lo hagan por ti?

—Delego órdenes a hombres en los que confío. —La miro de arriba abajo.

Está cubierta de sangre seca. Incluso con los guantes que usó mientras operaba, todavía tenía sangre en su ropa y lo había atendido en la parte trasera del SUV.

—Ven conmigo.

Ella me sigue, pero no es nada silenciosa.

—¿Adónde vamos?

—Necesitas una ducha. Estás cubierta de sangre, y necesito deshacerme de tu ropa. —No hay posibilidad de que la cantidad de sangre que está impregnada en su uniforme salga. —Quítate los zapatos —le indico antes de subir por la escalera.

Se quita los zapatos negros. Al menos esos son aceptables. El negro oculta cualquier rastro de sangre, pero eso no significa que no haya pruebas en ellos.

—Me ocuparé de ellos —digo—. Ven conmigo. —La guío escaleras arriba hasta mi dormitorio. Compartirá mi baño privado.

Abro la puerta del dormitorio, enciendo la luz y la hago pasar, cerrando con llave detrás de ella.

—Desnúdate.

—¿Perdona?

—Necesitas ducharte, y yo necesito deshacerme de tu ropa. Quítatelo todo. —Hago un gesto para que se dé prisa.

—Está bien. —Se dirige al baño, pero le impido cerrar la puerta. —¿Qué crees que estás haciendo? Esto no es un espectáculo gratuito.

—Verás, pero lo es —digo, inclinando la cabeza y mirándola fijamente—. Te vas a desnudar, a meterte en la ducha y a bañarte. Y yo voy a observarte.

—¿Perdona? —Su boca se queda abierta.

Bien.

—No puedo permitir que guardes ninguna prueba de lo que ocurrió esta noche. Necesito asegurarme de que todo desaparezca. Destruido o por el desagüe. Ahora desnúdate.

—No voy a desnudarme para ti —me gruñe Madisyn.

Me río por lo bajo.

—No es lo que dijiste anoche.

Sus ojos se estrechan, y se arranca la parte superior ensangrentada y me la lanza a la cara.

—Eres un capullo.

—Puede que lo sea, pero aun así te acostaste conmigo. Encontraste algo irresistible en este capullo. —Sonrío con suficiencia, disfrutando del espectáculo.

Está enfadada y ardiendo de rabia.

—¡Oh, hay mucho que resistir ahora que veo lo que realmente eres! —Madisyn se quita los pantalones del uniforme y me los lanza.

Atrapo sus pantalones esta vez, sosteniéndolos arrugados en mis manos junto con su parte superior. —Las bragas también —digo y hago un gesto con dos dedos para que me las dé.

—¿Por qué? No tienen sangre.

—No, pero son mías.

Pone los ojos en blanco, se las baja con prisa y me las lanza a la cara como con una honda. Atrapo las bragas de encaje negro y me las llevo a la nariz. Al hacerlo, siento su humedad en el algodón.

—Estás excitada ahora mismo.

Debería haberlo visto; su postura, su mirada oscura, las mejillas rojas y sonrosadas.

—El sujetador también, y los calcetines tienen que irse.

Desabrocha su sujetador y luego se quita un calcetín tras otro antes de meter los artículos en mi mano. —¿Estás contento? Me has obligado a desnudarme. ¿En qué clase de hombre te convierte eso?

—Lo hago para protegerte. ¿Cómo explicarías la sangre si alguien la encontrara en tu uniforme?

—Trabajo en la industria médica. No sería la primera vez que la sangre o el vómito manchan mi ropa.

La cantidad de sangre que cubre su ropa de trabajo no sería algo que una persona pudiera pasar por alto.

—Métete en la ducha.

Se dirige a la ducha del baño, abre la puerta de cristal y abre el grifo. Tarda un momento en que la temperatura se caliente antes de entrar en la cabina. Cierro la puerta corredera; el cristal deja entrever su silueta, pero, créelo o no, no estoy aquí por el espectáculo.

Necesito saber sin ninguna duda que puedo confiar en ella, que no queda ningún rastro de sangre.

Lo que significa un lavado minucioso. No puede tener ninguna prueba bajo las uñas o una mancha olvidada en su espalda.

Debería unirme a ella.

Me quito la ropa. Mi camisa tiene sangre manchada en el cuello y la manga, pero no es tan notoria como la ropa de Madisyn.

Mis pantalones probablemente tienen sangre, pero el negro hace difícil verla. Quemaré mi traje junto con su ropa; no tiene sentido arriesgarse a dejar evidencia del ataque.

Como bratva, siempre debemos tomar precauciones.

—Voy a entrar contigo —le advierto mientras abro la puerta de la ducha.

—¿Qué? —Tiene los ojos cerrados y la cabeza inclinada hacia atrás bajo el agua. El agua cae sobre ella, deslizándose por su piel desnuda. Se ve irresistible.

—Necesito asegurarme de que te quites toda la sangre, y yo también necesito una ducha —digo.

Abre los ojos y me mira de arriba abajo.

—Excusa patética. Si querías ducharte conmigo, solo tenías que decirlo.

Mi labio superior se curva mientras le gruño juguetonamente, agarrando a Madisyn por la cintura y atrayéndola hacia mí.

—Necesito asegurarme de que estés limpia. Cada centímetro de ti.

Me acerco más, con mis labios provocando los suyos, pero sin llegar a besarla. El vapor de la ducha se mezcla con el calor y la pasión que crece entre nosotros.

—¿Vas a limpiarme toda la suciedad? —pregunta.

—Si tengo que frotarla toda, lo haré —susurro. Rozo mis labios contra los suyos y tiro de su labio inferior, llevándolo entre mis dientes.

Gime y tiembla en mis brazos.

El agua está clara. La mayor parte de la sangre que cubría su piel ya se ha ido por el desagüe antes de que yo entrara a la ducha con ella.

La agarro de la mandíbula, girando su cabeza ligeramente de un lado a otro. Me gusta sujetarla, controlarla, pero también estoy examinando su piel de porcelana para asegurarme de que no queden restos de sangre.

—No puedo permitir que tengas ni una mota de sangre en tu piel.

—¿Por qué? —susurra, mirándome con los ojos entrecerrados.

¿En serio me está preguntando eso?

—A tu pequeño exnovio le encantaría... —Me detengo antes de elaborar más.

—¿Le encantaría qué? —pregunta Madisyn. Su cabeza está inclinada hacia un lado, con mi mano en su mandíbula, y la suelto.

Le encantaría verme tras las rejas.

—No importa —digo. No es como si la sangre fuera de un asesinato que yo cometí. Fuimos atacados, pero la policía y los federales no son nuestros amigos. No se puede confiar en ellos. Ni ahora ni nunca.

Pueden tergiversar las historias, y no confío en que no usarían a Madisyn contra mí, especialmente ese rastrero exnovio suyo.

Rápidamente, la giro para que quede frente al chorro de la ducha, empujándola contra la pared.

Apoya la mano en los azulejos de marfil mientras el agua gotea por cada centímetro de su piel desnuda. Está resplandeciente y sexy. Quiero oírla gritar mi nombre en éxtasis.

Mi boca roza su oreja.

Se estremece en mi abrazo.

—Dime que quieres esto —susurro.

—Te deseo —responde Madisyn. Gira la cabeza a un lado y se retuerce en mi agarre, intentando darse la vuelta.

No la dejo.

—Y me tendrás, pero debes saber que has visto demasiado —digo, advirtiéndole del peligro en el que se ha metido con nuestros problemas—. No hay vuelta atrás.

Aunque quizás no le dieron a elegir, está profundamente implicada, y no hay escapatoria del oscuro submundo.

—No querría escapar —dice.

Sus palabras son como una sinfonía. Mis dedos se enredan en sus largas hebras, apartando su pelo hacia un lado sobre su hombro, tirando de un puñado de sus mechones color vainilla.

—Eres mía, *Kisa*. Perteneces a la bratva y a mí.

Sello su destino con un beso ardiente.

Ella no retrocede ni se aparta. No lucha contra su

destino. Se somete a él como si estuviera destinada a estar aquí, destinada a estar bajo mi dominio.

Normalmente no permito que las mujeres en mis filas trabajen bajo mi mando. Tienden a complicar las cosas, o más bien, las relaciones lo hacen, pero no hay vuelta atrás. Ha visto la sangre derramada de uno de mis hombres y ayudó a curarlo.

No hubo preguntas, ni curiosidad descarada. Obedeció como una buena chica, y la recompensaré.

Mis dedos juguetean con su pecho y se deslizan por su estómago.

Apoya una mano contra la pared de la ducha y con la otra, agarra mi cadera desde atrás. Sus movimientos son bruscos, y sus uñas arañan mi piel. Me busca, suplicando silenciosamente que la folle.

Y lo haré, *Kisa*. Todo a su debido tiempo.

—Júrame que eres leal. —Muerdo su cuello, dejando una marca en su clavícula. Es mía, y quiero que todos sepan que me pertenece.

La voz de Madisyn apenas supera un susurro. Se ahoga con el sonido de la ducha golpeando contra mi espalda.

—Lo juro.

Lamo a lo largo de su clavícula, donde hay una leve marca rojiza. Mis dedos vagan por su cadera y entre sus muslos, separando más sus piernas.

—Prométeme que eres obediente. —Quiero oír su declaración. Espero para tocarla donde anhela sentir placer hasta que haya escuchado todo lo que necesito de sus labios.

Ella inclina la cabeza. Un brazo sostiene su peso contra la pared de la ducha. El otro recorre mi pelo.

Está desesperada. Puedo sentir su necesidad y su deseo por mí.

—Lo prometo —dice y gime.

Mis dedos separan sus pliegues. Ya está húmeda para mí.

Enredo mis dedos en su pelo y tiro de su cintura hacia la mía.

—Eres mía, *Kisa*. —Introduzco mi polla dentro de ella.

Gime y se estremece mientras lleno su coño. La inclino hacia delante y continúo embistiendo.

Una mano agarra su cadera, la otra su pelo, manteniéndola inclinada.

Sus paredes internas se contraen alrededor de mi polla, temblando y convulsionando. Puedo sentir que está al borde.

—Mikhail —jadea, con la respiración entrecortada, tambaleándose al borde del precipicio.

No la dejo correrse todavía. Yo tengo el control, no ella.

Quiero follarla más fuerte, más rápido, y sentir la descarga de poder recorrer mi cuerpo, pero aún no.

Cierro el agua, satisfecho de que ambos estemos limpios después de lo anterior.

Ella se levanta y se gira para mirarme. Sus mejillas están sonrojadas y respira agitadamente.

—¿Adónde vas? —pregunta Madisyn.

—Fuera de la ducha —ordeno.

No respondo a su pregunta. Ella me obedecerá como ha prometido y será recompensada por su sumisión.

Abro la puerta de la ducha y salgo, cogiendo una toalla y lanzándosela para que se seque. Cojo una para mí y me apresuro a secar las gotas de agua que cubren mi piel.

Estoy duro como una roca, y ella no deja de notar mi deseo.

Le doy unos segundos para secarse antes de abrir la puerta del dormitorio.

—Sígueme.

Ella pasa la toalla por su cuerpo. Su pelo está empapado, y se quita la toalla el tiempo suficiente para intentar atrapar algunas de las gotas de agua de sus rizos.

Me complace que no esté oponiéndose y esté haciendo lo que le indico. Es raro encontrar una joya tan preciosa.

—Súbete al colchón, boca arriba.

Deja caer la toalla al suelo y hace lo que le digo.

Mi toalla se une a la suya en un montón mientras acorto la distancia entre nosotros.

—Tócate —le digo, mirando fijamente sus ojos marrones oscuros.

—¿Qué? —Su voz se quiebra. Hay temor detrás de su mirada.

Me acerco más, subiendo al colchón a cuatro patas. No la toco, solo me cierno sobre ella.

—Quiero verte darte placer.

Su lengua asoma y recorre su labio superior.

—Nunca he...

—No te creo.

—No me has dejado terminar —dice. El sonrojo de antes se ha extendido por sus mejillas y cuello—. Nunca lo he hecho delante de nadie —dice.

—Bien —digo sonriendo con suficiencia—. Seré el primero en verlo.

El orgullo crece dentro de mí.

—Incluso te dejaré correrte si eres capaz de hacerlo delante de mí.

Aprieta los labios y deja escapar una risa nerviosa. Sus dedos descienden entre sus muslos. Comienza a acariciar su hendidura hasta llegar a su clítoris.

Puedo oler su excitación, y quiero saborearla, devorarla y sentirla desmoronarse contra mis labios. Pero la hago esperar, y eso solo hace que mi polla palpite con más fuerza.

—Dime qué estás haciendo —digo.

Su voz apenas supera un susurro, y sus ojos se han cerrado.

—Tocándome.

—Mírame —ordeno.

Sus ojos se abren lentamente, y su respiración se hace más profunda mientras sus dedos se deslizan por los labios de su sexo.

—Esa es mi chica —digo, orgulloso.

Me muevo hacia abajo en la cama, observando sus maniobras mientras su perla se hincha y juguetea con ella.

Mi polla palpita mientras la observo, y me imagino que ella está dolida por dentro, deseando que mi polla la llene.

—Cambia de mano. Quiero probarte —digo.

Muevo mi mano sobre la suya, guiando sus dedos hacia su humedad, recubriéndolos.

—Mikhail. —Su voz es áspera y entrecortada.

Percibo su vacilación. Llevo sus dedos a mis labios, saboreando su humedad, su esencia, y vuelvo a subir por su cuerpo, provocando sus labios.

Mis dedos la acarician, rozando sus labios, jugando con su clítoris. Sus caderas se mueven sobre el colchón mientras se vuelve inquieta.

Me cierno sobre sus labios y arrastro mi lengua por su labio superior y luego por el inferior.

Deslizo dos dedos dentro de su calidez, y su humedad se filtra mientras la lleno.

Los gemidos de Madisyn son suaves y tímidos. No tiene por qué ser así conmigo. Quiero que sea intrépida y segura.

—Córrete para mí —susurro contra su oreja, y succiono suavemente el lóbulo.

Ella gime y tiembla sobre mis dos dedos. Deslizo un tercero dentro de su sexo, provocándola y follándola con los dedos.

Sus caderas se levantan de la cama, y está jadeando en busca de aire.

—Fóllame, por favor.

Nunca podría privarla de nada, especialmente cuando me lo pide con ese tono desesperadamente necesitado que hace que mi polla palpite.

Retiro mis dedos el tiempo suficiente para acariciar mi polla con su humedad y deslizarme dentro de su calidez.

Su cabeza cae hacia atrás, y su espalda se arquea sobre el colchón mientras la lleno.

Se inclina, capturando mis labios, introduciendo su lengua en mi boca, hambrienta de más.

Quiero darle todo, todo de mí.

Su interior se aferra a mi polla, temblando y convulsionando.

—Córrete para mí —jadeo contra sus labios.

Ella me atrae más profundo, más fuerte. Las piernas de Madisyn rodean mi cintura, y es como si explotaran fuegos artificiales en la noche más oscura.

Mis ojos se cierran de golpe, gruñendo mientras ella gime mi nombre en mi oído, y por fin puedo dejarme ir.

Me aparto de su cuerpo y me tumbo de espaldas, jadeando con fuerza. Mientras miro al techo, Madisyn aparece en mi campo de visión.

Se mueve para acostarse contra mí, y su mano se posa sobre mi pecho.

—Eres perfecta, *Kisa*.

Sus mejillas enrojecen, y se mueve para apoyar su cálida mejilla contra mi pecho.

Aunque quiero abrazarla fuerte, cubrirnos con las sábanas y quedarnos dormidos, eso no está en la agenda.

—Ya has descansado suficiente —digo, y la empujo suavemente para que se siente en la cama.

Madisyn refunfuña su descontento.

—Tengo una sorpresa para ti.

CAPÍTULO NUEVE

MADISYN

MI INTERIOR aún palpita por el intenso orgasmo que Mikhail me ha dado. No recuerdo la última vez que follar se sintió tan condenadamente bien. Excepto ayer, con Mikhail.

Mi corazón no deja de golpear contra mi caja torácica, ¿y Mikhail tiene otra sorpresa preparada para mí? No estoy segura de cuánto más puedo soportar.

—¿Una sorpresa? —Me incorporo en la cama y quiero alcanzar las sábanas, pero están enterradas bajo las almohadas. La cama sigue perfectamente hecha, casi impecable, excepto por las arrugas que hemos dejado.

Él gruñe mientras baja del colchón.

No puedo apartar los ojos de su físico. Tiene un cuerpo espectacular, fornido y musculoso. Por no hablar de su fuerza.

—Esto es para ti —dice, y se acerca a su cómoda. Hay una gran caja blanca, y la trae hasta la cama—. Ábrela.

No tengo ni idea de lo que podría haber conseguido para mí.

La caja es sencilla. No indica su contenido, salvo que es bastante grande. Desde luego no está guardando un anillo o unos pendientes dentro.

Levanto la tapa y retiro el crujiente papel de seda blanco doblado alrededor de un vestido negro. Brilla con la luz y es precioso.

—Quiero que te pongas esto para mí esta noche cuando salgamos —dice Mikhail.

—¿Me vas a llevar a salir? —Me sorprende que esté interesado en que le acompañe a algún sitio. —¿Hay algún evento de trabajo al que tengas que asistir? —pregunto.

No recuerdo ninguna celebración próxima de la bratva, pero eso no significa que no vaya a haber una. Simplemente puede que no me hayan informado del evento porque mi equipo no estaba al tanto.

—Te voy a llevar a cenar —dice Mikhail.

———

—Este sitio es increíble —digo mientras me siento frente a Mikhail. Nos han dado una mesa en uno de los restaurantes más ostentosos de la ciudad—. ¿Cómo has conseguido reservas?

—Soy socio del establecimiento —dice Mikhail—. El chef y yo somos amigos. Él quería un restaurante, pero no tenía los fondos. Yo quería un restaurante, pero no tenía chef.

No puedo decir si está bromeando o si hay más detrás de la historia. No sabía que fuera copropietario de ningún restaurante. ¿Qué más no sé?

—Es muy amable por tu parte ayudar a un amigo —digo. Le dedico una sonrisa genuina. Me impresiona que tenga más negocios que solo los ilegales, aunque podría estar lavando dinero a través de este sitio. Es algo para investigar más a fondo e informar a Savannah cuando contacte con ella.

Mikhail coge su copa de vino tinto y la hace girar, aspirando el aroma antes de probarlo.

—No todo es generosidad.

Sonrío educadamente, como si no entendiera lo que intenta decir.

—¿Qué quieres decir?

—Soy un hombre de negocios, y solo asumo riesgos que garanticen mi éxito.

—Pero, ¿cómo podías saber que este restaurante tendría éxito? —pregunto—. Nada en la vida está garantizado. —Alcanzo mi copa y pruebo el vino. Es dulce, afrutado y bastante perfecto, sin acidez abrumadora ni regusto. Es el mejor vino que he probado nunca.

Tampoco estaba en la carta.

Mikhail lo pidió especialmente. Al igual que nuestros platos.

—Considéralo un riesgo calculado, uno muy bajo —responde Mikhail. Es críptico y tiene cuidado de no revelar nada que yo pudiera usar en su contra.

No es que él sospeche que soy del FBI. Si lo hiciera, no se habría acostado conmigo. Demonios, probablemente yo no debería haberme acostado con él, pero trabajar de incógnito significa hacer lo que sea necesario para cumplir con el trabajo.

No es como si no hubiera querido acostarme con él. Lo haría una y otra vez.

—¡Madisyn! —Thomas Slate, uno de mis compañeros de Quantico, se acerca directamente a nuestra mesa. Lleva un traje negro con corbata. Venir a este lugar significa que o bien está en una cita elegante o adulando a uno de los jefes.

Mikhail se aclara la garganta, con su mirada endureciéndose. No parece nada complacido de que un caballero me reconozca.

—No te he visto desde nuestro Qua...

Le interrumpo antes de que pueda decir otra palabra.

—Ha pasado mucho tiempo —digo y fuerzo una sonrisa—. Thomas, este es Mikhail. —Les presento, pero tengo cuidado de no usar la palabra novio para referirme a Mikhail. No estoy segura de lo que somos. Incluso estando de incógnito, no hemos establecido exactamente nuestra relación.

—Soy la pareja de Madisyn —interviene Mikhail.

—Oh —dice Thomas, abriendo mucho los ojos. ¿Piensa que somos compañeros del FBI?

Mi estómago da volteretas. Tengo que detenerle antes de que diga algo que pueda hacer que nos maten a cualquiera de los dos.

—Ha sido un placer verte de nuevo. Parece que tu cita te está esperando —digo y señalo hacia la entrada principal, dándole una pista para que se marche.

Thomas la capta rápidamente, mirando hacia la puerta. Tenga cita o no, parece entender el mensaje. —Ha sido maravilloso verte de nuevo, Madisyn. Encantado de conocerte, Mikhail. Cuídala bien.

—No soñaría con menos —dice Mikhail. Tiene los ojos entrecerrados mientras estudia mi expresión y luego a Thomas cuando sale del restaurante.

En el momento en que Thomas cruza la puerta de entrada, Mikhail me aborda con su interrogatorio. —¿De qué iba todo eso?

—¿El qué? —pregunto con inocencia—. ¿Thomas? Solo es un viejo amigo. —No quiero que se ponga celoso. No sé qué le haría a Thomas si se sintiera amenazado de alguna manera.

Mikhail levanta su copa de vino. Aún no da un sorbo. Su mirada está fija en mí.

—¿Cómo os conocéis Thomas y tú?

Siento como si hicieran cien grados y estuviera bajo una lámpara de calor.

—Nos conocimos en la universidad —digo, inventando una excusa—. Estábamos en la misma planta de la residencia.

—Mixta —dice. Hace girar el vino en la copa antes de darse el gusto de probarlo.

—Así es. Solo éramos amigos. Compartíamos un par de clases.

—¿Dónde estudiaste? —pregunta. Su mirada se endurece.

—En la Universidad de Columbia, en Nueva York.

Mikhail vuelve a colocar su copa de vino sobre la mesa.

—Creía que eras de Ohio.

—Crecí en Ohio. Mi familia vive allí, pero fui a la universidad en Nueva York. Por eso volví aquí, buscando trabajo.

—¿Para estar con Thomas?

—¿Qué? ¡No! —Me río de su absurdo razonamiento. —Volví aquí porque había vivido en Nueva York durante la universidad y me encantaba el ambiente de la ciudad. Es muy diferente de Cleveland. —Sorbo mi vino, clavándole la mirada. —Nunca pensé que fueras del tipo celoso.

Mikhail endereza los hombros y se aclara la garganta.

—¿Quién ha dicho nada sobre estar celoso?

—Está escrito por toda tu cara, tu lenguaje corporal, incluso en las preguntas que me estás haciendo.

Respiro profundamente. Necesito calmarme. Pelear con Mikhail no va a ayudar a mi misión. Tengo que acercarme a él, y si lo alejo, solo me estoy perjudicando a mí misma y a la investigación. Demonios, estaría defraudando a mi equipo.

Debería sentirme aliviada cuando traen la cena, pero en cambio, hay una creciente tensión entre nosotros.

Apenas me mira durante la cena. Como si lo hubiera traicionado. No tiene ni idea de lo que he hecho, de quién soy.

Hay una pesadez entre nosotros y, a mitad de la comida, con el cuchillo de carne en la mano, me clava la mirada.

—¿Estás con el FBI, Madisyn?

Tengo la boca seca.

Thomas ha descubierto mi tapadera.

Me trago los nervios.

—No —digo, encontrándome con su mirada. No titubeo ni me acobardo. Me niego a parpadear.

—No te creo. —Mikhail no suelta el cuchillo.

No lo usaría aquí, en un lugar público, ¿verdad?

Aún no me ha amenazado físicamente, pero estoy aterrada de lo que hará si no puedo convencerle de que está equivocado.

—¿Por qué pensarías que trabajo con el FBI, Mikhail? Me has visto en el centro médico. Soy enfermera. Vendé a tu amigo. Viniste a mi trabajo y me recogiste durante el día. ¿Crees que, si estuviera con el FBI, estaría rondando un centro médico de conserjería?

Exhala un suave soplo de aire, pero su expresión no está convencida.

—¿Por qué sonó como si tu viejo amigo Thomas estuviera a punto de decir que te conocía de Quantico?

—Estás equivocado —digo—. Estaba diciendo que me conocía de Columbia. No terminó la frase. Ambas suenan parecidas.

—No, no lo hacen. —La mirada de Mikhail nunca abandona la mía. —No es una coincidencia que tu exnovio trabaje en el FBI.

No puedo negar que Aaron es un agente especial sénior en delitos de cuello blanco.

—Eso es todo lo que es, Mikhail. Una coincidencia.

Mikhail le indica a la camarera que hemos terminado. No hay cuenta que pagar, un beneficio de ser copropietario del establecimiento.

Está listo para irse, y dudo que me deje ir a casa o marchar libremente.

Estoy prácticamente muerta si cree que lo he traicionado.

—No creo en las coincidencias, *Kisa*. Fui ingenuo respecto a tu exnovio. Miré hacia otro lado porque me gustabas, y cometí un error.

Me acompaña afuera, con su mano envuelta alrededor de mi cintura. No hay posibilidad de que escape. Puedo sentir su pistola contra mi espalda baja mientras nos acercamos a su coche.

—Entra —ordena.

—No soy tu enemiga —digo.

Es la verdad, pero ¿me creerá?

Abre la puerta trasera y me da la vuelta bruscamente, agarrando mis manos tras la espalda.

Las ata con una brida de plástico que saca de la guantera antes de empujarme dentro del vehículo.

No muestra el más mínimo indicio de calidez o gentileza. Sin embargo, nunca he conocido a Mikhail por tener esos rasgos. Es firme, y aunque ha sido justo y razonable conmigo, dudo que vaya a tener el beneficio de experimentar esos atributos esta noche.

Me empuja dentro del vehículo y cierra la puerta de golpe. Se apresura hacia el asiento del conductor y arranca el motor, alejándose del restaurante.

Pisa fuerte el acelerador, y caigo hacia atrás contra el asiento.

Me desplazo hacia adelante y disimuladamente levanto mis brazos, intentando golpear mis muñecas hacia abajo y separarlas para liberarme de las ataduras de plástico.

Recibí bastante entrenamiento hace años en Quantico para escapar de las bridas, pero no estaba situada en la parte trasera de un SUV e intentando liberarme sin que me notaran.

La mirada de Mikhail se dirige hacia mí de vez en cuando.

Tengo suerte de que no me metiera en el maletero. Si me pilla intentando escapar, me pegará un tiro en la cabeza.

Pasamos por delante de su casa. Mikhail ni siquiera aminora la marcha.

—¿Adónde me llevas? —pregunto.

Se dirige hacia mi casa o hacia la autopista. Ambas están en la misma dirección, y si toma la autopista, estaré condenadamente muerta.

Nadie encontrará mi cuerpo. Nadie sabrá jamás qué me pasó.

Mikhail no responde.

Pero respiro aliviada cuando se detiene frente a mi casa. Quizás me dejará aquí, me dirá que nunca vuelva a contactarle y nos separaremos.

¿Podría tener tanta suerte?

Apaga el motor y sale.

Mikhail espera un momento fuera del vehículo. Está con su móvil, enviando mensajes a alguien. ¿Está intentando conseguir información sobre mí?

Mierda.

Me giro de lado en mi asiento, mirándole por la ventana mientras intento liberarme de las bridas. Levanto los brazos lo más alto posible y los balanceo hacia abajo y hacia fuera, rompiendo las ataduras.

Escuece, pero vale la pena.

Mikhail mete su móvil en el bolsillo y abre la puerta trasera antes de que tenga tiempo de reaccionar.

Me agarra del brazo y me escolta a la fuerza hasta la puerta de mi casa.

—Veo que alguien ha encontrado la forma de quitarse las ataduras. —Su labio superior se curva como si estuviera asqueado conmigo. —Llave. —Lo dice como una orden.

—Está en mi bolso —digo, con el pequeño bolso en mi mano.

Me lo arranca, abre la cremallera del cuero y rebusca hasta quedar satisfecho antes de devolvérmelo bruscamente.

—Encuéntrala tú —gruñe.

¿Estaba buscando mi llave o registrando mi bolso en busca de un arma?

Está oscuro fuera, pero consigo encontrar mi llave sin demasiada dificultad. Abro la puerta principal y la empujo.

Mikhail está pisándome los talones. Me empuja dentro y me sigue.

¿Es aquí donde el FBI encontrará mi cadáver? Al menos tengo una pistola escondida en mi apartamento. Pero está en mi dormitorio. Hay equipo de vigilancia, pero dudo que el FBI esté vigilando cada uno de mis movimientos, especialmente a estas horas de la noche.

—¿Qué estamos haciendo aquí, Mikhail? —pregunto, volviéndome hacia él. Dejo mi bolso en la encimera y me quito los zapatos.

—Necesito saber que puedo confiar en ti, y no creo que pueda —dice. Se acerca más, invadiendo mi espacio personal.

Debería retroceder, acobardarme.

No lo hago. Miro fijamente su mirada inquebrantable. Tiene las manos cerradas en puños y está furioso.

—¡Me has traicionado!

—No sé de qué estás hablando —digo—. Trabajo para Steele Concierge Medical.

Resopla.

—Sí, eso es lo que quieres que crea. Mis hombres están haciendo otra verificación de antecedentes sobre ti. Profundizando en tu pasado. —Agita su arma hacia mí. —Siéntate en el sofá.

—Mikhail...

Me corta antes de que pueda decir nada más y me empuja hacia atrás sobre el sofá.

—He dicho que te sientes —ladra.

—No soy uno de tus hombres a los que puedes dar órdenes.

Resopla por lo bajo.

—No, tienes razón. Mis hombres valen más para mí de lo que tú vales, niñita.

—¡No soy una niñita! —le gruño y me pongo de pie de un salto, corriendo hacia la puerta.

Me agarra por la cintura.

—¡Suéltame! —grito y me escabullo de su agarre, pisándole el pie y dándole un rodillazo en la entrepierna.

Mikhail me gruñe.

—¡Ya basta! —Levanta su arma hacia mi frente. —No me des otro motivo. Ya estás viviendo tiempo prestado.

—¿Así que vas a matarme? —Debería estar asustada. Cualquier persona cuerda estaría temblando y suplicando por su vida.

—Debería hacerlo —dice Mikhail y me empuja para que me siente de nuevo en el sofá.

Cuando obedezco, baja su arma a un lado. Todavía la tiene en su mano. Podría desarmarlo, pero también podría dispararme en mi intento. Está bien entrenado y no es solo un matón cualquiera con un arma.

Es bratva.

Es un monstruo despiadado. Me advirtieron que tuviera cuidado, que ganara su confianza y que no me acercara demasiado.

Acostarme con él no formaba parte del plan, y no hay forma de que pueda contarle a mis colegas lo que hicimos. No si quiero mantener mi trabajo cuando todo esto termine. Eso suponiendo que siga viva y que Mikhail no me haya matado él mismo o haya ordenado un golpe contra mí.

—¿Pero no lo harás? —Hay un pequeño rayo de esperanza vibrando en mi pecho. —Te importo —digo.

—No me importa ni una rata.

No le he contado nada al FBI. Al menos no todavía. No he traicionado su confianza, aparte de ocultar la verdad y mentir sobre quién soy.

Pero él no lo verá así. ¿Debería confesar? ¿Debería decirle la verdad?

Probablemente me matará, pero tal vez me lo merezca.

—Tienes razón. Trabajo para el FBI —digo.

CAPÍTULO DIEZ

MIKHAIL

MADISYN ME HA TRAICIONADO. La muy zorra me hizo creer que era enfermera. Quizás lo sea, pero también es federal traicionera.

No puedo confiar en ella.

Ni siquiera debería dejarla vivir. Sabe demasiado. Es un peligro para la bratva.

—No te muevas —le gruño mientras está sentada en el sofá. Tiene las manos entrelazadas frente a ella.

—¿Vas a matarme? —pregunta Madisyn.

Su voz es suave, tentativa. Es un truco. Está intentando que sienta algo por ella.

Lo único que me hace sentir es frío y sin vida.

Estoy asqueado conmigo mismo por haber confiado en ella. Es una desconocida, y ciegamente la dejé entrar en mi casa. Confié en ella, y esa es la carga que debo soportar.

—Parece una solución fácil para un problema difícil —murmuro.

La verdad es que no quiero matarla, pero me mintió. Aunque no sé por qué. ¿Está trabajando encubierta para los federales para atraparme? ¿O es una enfermera forense? Tal vez algo intermedio, y simplemente nos cruzamos por casualidad.

No.

Ella no es inocente.

No creo que nos hayamos conocido por casualidad.

—¿Tu coche realmente se averió? —Estoy seguro de que sí. Conducía una chatarra. Miro alrededor de la casa. Está vacía, impersonal. —Esta no es tu casa. — Es una observación, no una pregunta.

No me responde.

Madisyn me tiene miedo. Me mira fijamente. Su labio inferior tiembla, pero lo muerde. Está intentando ocultar su miedo.

Debería temerme. Podría enterrarla viva y nadie encontraría jamás su cuerpo.

Está callada. Probablemente se da cuenta de que cualquier cosa que diga la incriminará aún más y me dará más munición. No es que necesite más.

Tengo suficiente como para colgarla.

—¿Por qué? —pregunto. Agito mi pistola hacia ella, exigiendo respuestas.

Exhala un suave suspiro.

—¿Por qué crees? Eres de la bratva.

—Eres una agente de mierda. —Quiero hacerle daño. Empiezo con insultos mordaces. Estoy ganando tiempo, esperando noticias de mis hombres. Antes de matarla, necesito saber qué información ha transmitido y qué morirá con ella.

Aprieta los labios y cruza los brazos sobre el pecho.

—Te engañé. Creíste que estaba enamorada de ti.

Su comentario pretende hacerme daño, pero yo conozco mejor este juego. Me inclino más cerca, invadiendo su espacio personal.

—Me estabas suplicando con tu coño húmedo que te follara.

Se mueve en el sofá, retrocediendo más lejos, hacia la esquina, para mantener la distancia.

—Y no pudiste distinguir si una mujer fingía o no.

—Eres una pésima mentirosa. —No hay forma de que estuviera fingiendo un orgasmo. Apostaría mi propia vida.

—¿Yo? Creíste que podías confiar en mí —dice Madisyn—. Me metí en tu casa y en tu cama. No soy tan mala como crees.

Mis manos se cierran en puños, y ella se cubre la cara.

Me tiene miedo.

Debería deleitarme con la emoción de haberla quebrado. En vez de eso, me quema por dentro como un feroz infierno.

Suena el timbre.

Probablemente sea uno de sus amigos federales comprobando cómo está. O tal vez ese exnovio. ¿Era su ex, o fue una artimaña?

Miro por la ventana y reconozco el vehículo de fuera. Es ese estúpido exnovio.

—Abre —digo, señalándola con la pistola—. Pero sin trucos. —Le hago un gesto para que vaya hacia la puerta.

Exhala un suspiro tembloroso y se levanta del sofá.

—Madisyn, soy yo. Abre. —La voz de Aaron está amortiguada, pero aún lo suficientemente clara como para descifrar sus palabras a través de la puerta.

Me coloco detrás de la puerta, con la pistola en la mano.

—Deshazte de él —susurro—. Te juro que, si haces algo para indicar que estoy aquí, los dos estáis muertos.

—No lo haré —dice suavemente antes de desbloquear la puerta. Solo la abre unos centímetros—. Ahora no es un buen momento, Aaron.

—Déjame entrar —dice Aaron—. Sé que él está aquí. Su vehículo está fuera.

Este imbécil no se va a ir, ¿verdad?

Abro la puerta de un tirón y le muestro mi pistola.

—¡Entra! —ladro órdenes.

Aaron levanta los brazos.

—Eh, nadie tiene por qué salir herido. Solo estoy aquí para hablar.

—¿Hablar? —Esto no es una negociación de rehenes. No hay nada de qué hablar. No con él. Es uno de los enemigos. —Entra.

Mantiene las manos en alto, y Madisyn da un paso atrás, dejándole entrar en la casa.

Cierro la puerta con el pie y lo cacheo, asegurándome de que Aaron no lleva ningún arma.

—Cierra la puerta con llave —le ordeno a Madisyn —. Baja las persianas —instruyo, por si hay otros agentes federales cerca.

Ella obedece mis instrucciones. ¿Es porque estoy apuntándole con un arma? Desde luego no es porque me sea leal.

Miro a Aaron y a Madisyn.

No empecé la noche con intención de tomar rehenes. Pero en eso se ha convertido esta mierda.

Joder.

No necesito dos agentes federales muertos y a sus jefes husmeando en mi puerta. Este es un trabajo que normalmente delegaría a Dmitri o Nikita. Pero esta noche estoy solo.

Me lo he buscado yo mismo, pero no voy a terminar dos metros bajo tierra.

Aaron atraviesa la sala de estar, colocándose delante de Madisyn. No estoy seguro de si piensa que la está protegiendo o simplemente quiere poner sus sucias zarpas sobre ella.

—No me digas que realmente amas a este tipo —Aaron señala con el pulgar en mi dirección. —Sabes que es bratva, ¿verdad?

No estoy seguro de si realmente es tan ingenuo como aparenta o está intentando salvar a Madisyn de mí.

Quito el seguro de mi pistola, apuntando a la cabeza de Aaron.

—¡Espera! —Madisyn se lanza entre Aaron y mi arma.

¿Cree que no le dispararé? Porque no me costaría mucho apretar el gatillo.

El sudor brilla en su frente. Está respirando pesadamente.

Está nerviosa.

—¿Lo estás protegiendo? —No logro entender por qué estaría dispuesta a recibir una bala por ese agente grasiento.

¿Sigue enamorada de él?

Me pica el dedo en el gatillo. Una punzada de celos me golpea como una puñalada en el estómago.

—Por favor, no hagas esto, Mikhail —Su voz es suave y reconfortante. Su mirada nunca vacila. Sus palabras me sacan de mi ensimismamiento. —El FBI no tiene nada contra ti. Eres un hombre libre. Si matas a Aaron, te encerrarán para siempre.

No me asusta lo más mínimo una condena de prisión. Ya he pasado por un juicio y salí absuelto.

—¿No es eso lo que quieres? Verme tras las rejas. — ¿Por qué otro motivo se habría infiltrado en mi familia?

Madisyn exhala un profundo suspiro, y sus ojos se detienen en mis labios antes de subir para encontrarse con mi mirada.

—No has hecho nada malo. Si matas a Aaron o a mí, todo cambia.

No se equivoca.

Madisyn no tiene nada contra mí. La investigación del FBI no vale nada. Estoy seguro de que no le he dado ninguna miga de pan para usar contra mis hombres o contra mí. Y si ella tuviera el pendrive, todo habría terminado.

Levanta la mano, y sus dedos rozan mi mejilla.

Quiero besarla, devorarla, tirarla sobre la cama y demostrarle quién está jodidamente al mando.

Se pone de puntillas y roza sus labios contra los míos. Tiene un efecto calmante en mí, como una droga que me descontrola la cabeza.

Mi agarre se mantiene firme en el arma, pero mientras la beso, pongo el seguro, dejando que el arma caiga a mi cadera.

Profundizo el beso, mordiéndole el labio, y oír su

gemido excita mi polla. Quiero follármela, y me encantaría hacer que el imbécil detrás de mí lo viera.

—Por favor, sé que no eres un monstruo. En alguna parte, muy dentro de ti, te importo. Y voy a decir que creo que todavía es así. O ya nos habrías matado a los dos.

Está intentando conectar conmigo, y lo entiendo. Es su manera de suplicar por su vida. No es una mujer que se ponga de rodillas y pida perdón.

A Madisyn le gusta pensar que es mi igual. No lo es.

Es del FBI, y no podemos ser más que extraños por eso. Estamos destinados a ser enemigos.

—Vete a casa —dice, dejando caer su mano sobre mi pecho. Su contacto es reconfortante y pacífico—. Antes de que estemos en guerra el uno con el otro. Lo creas o no, no quiero que te pase nada.

—Ya estamos en guerra.

Me aparto de su agarre y lanzo una mirada detrás de ella a Aaron. Tiene suerte de que Madisyn me haya impedido meterle una bala en la cabeza. Me dirijo hacia la puerta, giro la cerradura y la abro de un tirón.

Me dirijo a mi vehículo sin decir palabra, dejando a Madisyn atrás con su exnovio. Con suerte, él será mejor hombre de lo que soy yo.

Ella merece algo mejor, aunque la deteste por su traición.

CAPÍTULO ONCE

MADISYN

—¿QUÉ demonios ha sido eso? —Aaron me aborda en cuanto cierro la puerta. Acabo de echar el cerrojo para asegurarme de que Mikhail no cambie de opinión.

Aaron está frente a mi cara. Es más alto que yo, y mientras que había una química increíble entre Mikhail y yo, con Aaron no es correspondida.

O más bien, solía gustarme antes de conocer al verdadero Aaron Moore. La personalidad que muestra en el trabajo no se parece en nada al hombre que es cuando sale de la oficina.

—¿Qué? —Intento calmar la situación. No quiero

que sepa lo que está pasando ni que acose a Mikhail. Si puedo terminar lo que empecé, que así sea.

—No te hagas la tonta conmigo, Madisyn. No eres realmente rubia.

—Eres un auténtico imbécil. —Debería haberlo echado por la puerta junto con Mikhail.

La puerta del coche de Mikhail se cierra de golpe y el motor arranca, rugiendo mientras acelera. En cualquier momento se habrá ido, pero no estoy segura de sentirme más a salvo. No mientras Aaron siga encerrado en mi casa.

—¿Yo? ¿Cómo soy yo el imbécil? He venido aquí para advertirte que tu nuevo novio está con la bratva. ¿Qué demonios está pasando? ¿Es una misión o tu nuevo juguete?

Doy un paso atrás.

—No voy a discutir esto contigo.

El rugido de un motor vuelve a sonar, y estoy segura de que Mikhail acaba de marcharse.

Alivio no es lo que estoy sintiendo.

El temor se asienta en la boca de mi estómago.

Desesperanza. Ira. Miedo.

Aaron no es un buen tipo. Claro, trabaja para el FBI, pero hay muchos agentes malos, igual que hay muchas manzanas podridas. Simplemente no lo vi antes de que fuera demasiado tarde.

—Tienes que irte —digo, y me dirijo hacia la puerta principal.

Aaron corre tras de mí y me coge del brazo; su agarre es fuerte y violento mientras me hace girar.

Hago una mueca por su fuerza y por la marca que seguramente me dejará en el brazo.

—¡Suéltame! —Aparto su brazo de un golpe y lo empujo hacia atrás, con mis manos firmemente contra su pecho.

—¿Quieres jugar duro? —Se acerca acechante. —¿Es por eso que salías con Mikhail Barinov? ¿Porque te gusta duro y sucio en la cama?

—No sabes de lo que estás hablando. —Me niego a contarle nada. Está claro que ye lo han mantenido fuera de la operación y han reasignado a todo su equipo. ¿Por qué? ¿Qué hizo para meterse en problemas? ¿Cómo es que sigue siendo agente?

— Ya sé que solo eres un número más en la lista de Barinov. No significas nada para él.

—¡Lárgate! —le grito a Aaron y me aparto de su alcance. Me dirijo rápidamente hacia la puerta para echarlo, pero él es más rápido.

No ayuda que sea más alto, lo que hace sus zancadas más veloces. Me agarra un puñado de pelo, tirando de mí hacia él.

Aaron se acerca a mi oído.

—Pensé que te gustaba duro. ¿No es por eso que te acuestas con el jefe de la bratva? —Toma aire profundamente, inhalando mi aroma. —¿Cansada de acostarte con tu antiguo jefe del FBI y ascender de rango?

—No sé qué he visto en ti. —Golpeo su pie con mi tacón y empujo mi codo hacia atrás contra su entrepierna. —Suéltame y sal de mi casa.

—Nadie me dice cuándo irme. —Su agarre no afloja mi pelo, y estampa mi cara contra la puerta.

—¡Maldito cabrón!

—No, ese es el problema. No te acuestas conmigo. Te acuestas con él. —Aaron suelta mi pelo, y doy un paso atrás, manteniendo la distancia entre nosotros mientras abro la puerta principal.

—No puedo creer que alguna vez me acostara contigo —murmuro.

—Pues créetelo, cariño. Y créeme cuando te digo que esto no ha terminado entre nosotros. Volverás arrastrándote a mí cuando te des cuenta de que Barinov es demasiado bueno para ti.

Aaron sale al porche. En cuanto está fuera, le cierro la puerta en las narices, asegurándome de que no vuelva a entrar. No quiero volver a verlo nunca, pero no soy tan afortunada.

———

No me molesto en ir a Steele Concierge Medical a la mañana siguiente. ¿Cuál es el punto? Mi tapadera ha sido descubierta.

Empaqueto mis pertenencias, incluido el pendrive, y salgo, esperando un taxi. Aunque mi móvil no ha sido reemplazado desde la tormenta, el teléfono fijo de la casa funciona. Nunca pensé que estaría agradecida de tener un teléfono fijo accesible.

Un trueno retumba en la distancia y los relámpagos iluminan el cielo. Cojo el paraguas y lo abro cuando las primeras gotas de lluvia caen con fuerza.

Me apresuro hacia el taxi y lanzo mi bolsa al asiento trasero conmigo, dirigiéndome a la sede del FBI en el centro.

Las enormes gafas de sol en medio de una tormenta parecen extrañas, pero estoy intentando ocultar el ojo morado que Aaron me dejó anoche. Intenté usar un poco de corrector, pero no fue suficiente para ocultar la marca.

No puedo llevar las gafas dentro de la oficina. Está demasiado oscuro. Me las quito, pero las mantengo en la palma de mi mano mientras salgo del ascensor.

No quiero estar aquí.

Preferiría estar limpiando cuñas y atendiendo pacientes en el centro médico. Quizás debería haber seguido trabajando allí, aunque solo fuera para mantenerme alejada de Aaron.

Debería haber tomado el taxi a mi casa, pero si había alguna posibilidad de que me siguieran, quería venir directamente a la oficina. Sin embargo, no vi ningún rastro de Mikhail o sus hombres fuera de la casa.

—¡Dios mío! ¿Qué te ha pasado? —Savannah me ve en cuanto salgo del ascensor. Corre hacia mí con un archivo en las manos, pero abre los brazos para abrazarme. —¿Estás bien? ¿Te hizo esto ese bastardo de Mikhail? Juro que lo mataré yo misma.

—Es una larga historia —digo y exhalo profundamente. Mi mirada se dirige hacia Aaron.

Está en su oficina, con una taza de café en la mano. Sale caminando, dirigiéndose directamente hacia Savannah y hacia mí.

—Buenos días. —Se acerca más y se inclina, invadiendo mi espacio personal, examinando detenidamente la marca que me dejó.

—Ay. ¿Te hizo eso tu novio?

—Tengo que hablar con Kingston —digo y giro bruscamente, dirigiéndome por el pasillo.

Savannah me deja en paz. Aaron me persigue.

—¿Planeas contarle lo de anoche? —pregunta Aaron. Mantiene la voz baja mientras me acompaña por el pasillo hacia la oficina de nuestro jefe. La puerta dice Agente Especial Supervisor Barrett Kingston.

Está cerrado, pero las puertas y paredes son todas de cristal. Las persianas están abiertas, y Barrett me hace un gesto para que entre.

—Sobre lo de anoche... ¿Te preocupa que le vaya a contar que me estampaste la cara contra la puerta principal, y que por eso he venido esta mañana con un ojo morado?

La mirada de Aaron se endurece y sus manos se cierran en puños.

—No querrás hacer eso, Madisyn.

—Y dime, ¿por qué demonios no? Debería denunciarte por agresión.

Se ríe de mi amenaza.

—¿Agresión? Te estaba salvando el culo de ese novio bratva tuyo. ¿Te das cuenta de que relacionarte con criminales conocidos puede hacer que te expulsen del FBI?

—Eres un capullo. —He terminado de hablar con él. Abro la puerta del despacho de Kingston y entro, agradecida de que Aaron no me siga dentro.

—Agente Carter, me sorprende verla en la oficina esta mañana.

Rodea su escritorio y cierra la puerta tras de mí.

—Por favor, tome asiento —dice.

Exhalo nerviosamente y hago lo que me pide.

—Tiene un buen moratón esta mañana. ¿Es por eso que ha roto su tapadera y ha venido a la oficina?

—Supongo que nadie ha visto la grabación de anoche.

—No, aún no hemos revisado las imágenes de vigilancia de ayer. ¿Hay algo que deberíamos estar buscando? —Barrett rodea la mesa y se sienta en el borde de su escritorio. —¿Quizás una pelea?

—Esto no me lo ha hecho Mikhail —digo, señalando mi cara.

—¿No?

Miro hacia la ventana. Aaron está en el pasillo hablando con James, un agente operativo.

He intentado mantener lo ocurrido entre nosotros en secreto. No quería que nadie pensara que había recibido un trato especial del jefe o que estaba intentando escalar posiciones.

Pero esto ha ido demasiado lejos.

—¿Cómo va la operación encubierta? —pregunta Kingston. Dirige la conversación alejándola de mi visible moratón y volviendo al caso—. ¿Alguna información nueva que podamos usar sobre los Barinov y su organización?

—La bratva es buena guardando secretos —digo. El pendrive está enterrado en el bolsillo de mi abrigo. No estoy lista para entregarlo al FBI, al menos no todavía.

—Usted está aquí ahora porque ocurrió algo. Algo más que ese ojo morado. —Kingston está intentando entender por qué estoy en la oficina, lo cual va contra el protocolo. Podría estar gritándome por presentarme, pero en su lugar, está tranquilo, aunque demasiado tranquilo.

—Mi tapadera se descubrió, señor.

—¿Cómo ocurrió eso? —pregunta Barrett. Se inclina hacia delante, con las manos sobre sus pantalones.

—Alguien me reconoció de Quantico, otro agente. —Fue cuando Mikhail se dio cuenta de que le había estado mintiendo todo el tiempo. —Estábamos cenando, y se acercó a la mesa. Intenté desviar la conversación, pero Mikhail no se convirtió en el jefe por ser lento.

Barrett se acaricia la mandíbula, interesado en el giro de los acontecimientos.

—¿Y la dejó vivir?

—Estoy aquí ahora —digo. No le cuento lo delicado que fue anoche, que pensé que me pegaría un tiro en la cabeza a mí o a Aaron; posiblemente a los dos.

—Me alegro de que esté usted a salvo. Me gustaría que Savannah la interrogara sobre la misión para que no nos perdamos ningún detalle.

—No hubo mucho, señor. No pude reunir ninguna información de inteligencia. Sus hombres nunca estaban cerca con responsabilidades relacionadas con el trabajo. Me mantuvieron al margen.

—¿Y en ese centro médico? ¿Algo allí?

—Apareció el cártel, y uno de sus hombres está en el segundo piso recibiendo tratamiento. —Eso no es nada que el equipo no pudiera haber averiguado por sí mismo.

—¿Es la bratva responsable de este suceso?

—No tengo ni idea. Mikhail pareció genuinamente sorprendido por la aparición del cártel en el centro médico. —Omití la parte en que su hombre estaba sangrando, y yo le acompañé de vuelta a su casa para curarle.

Algunos detalles no son del todo necesarios.

No es que esté intentando proteger a Mikhail. Simplemente no hay razón para profundizar en lo que pasó. No afecta al caso o a la investigación.

Vale, quizás le estoy protegiendo un poco.

Él no apretó el gatillo. Podría haberme matado. Estoy loca por defenderle, pero no es ni de lejos tan malo como Aaron Moore.

Mikhail nunca me dejó un ojo morado. Ni una sola vez me hizo daño.

A veces los monstruos están justo delante, escondidos, esperando, listos para hacer su próximo movimiento. Estoy acostumbrada a ellos.

—¿Algo más? —pregunta Barrett.

No revelo que me acosté con Mikhail ni que tengo el pendrive en mi poder. Debería contarle ambas cosas. Aunque lo primero podría empañar mi reputación, lo hice por el trabajo. ¿Verdad?

No fue porque quisiera tener sexo con Mikhail. Me muevo incómoda.

Solo pensar en él follándome me agita por dentro y me inunda de calor.

¿Hace calor aquí?

—No conseguí nada —digo—. Me invitó a su casa, fue amable y mantuvo una fachada educada. Quizás sospechaba desde el principio que no era de fiar.

Júrame que eres leal.

Las palabras de Mikhail se repiten en mi cabeza.

Debería traicionarle. Es el diablo.

Barrett asiente y se levanta.

—Bien; le pediré que repase todo con Savannah. ¿Hay algo más que quiera comentar?

—No, señor.

—¿Está segura? —Se yergue sobre mí. No me siento amenazada por su presencia, como cuando Aaron está cerca. Con Barrett, es más como un padre mirando fijamente a su hija, esperando a que suelte sus secretos.

Pero los míos están encerrados en lo más profundo, donde nadie puede saber lo que ocurrió.

Las imágenes de vigilancia.

Quiero destruir la evidencia del ataque.

Pero no puedo.

Igual que no puedo renunciar al pendrive.

Haría cualquier cosa para proteger mi reputación, y Mikhail también está en esa cinta, amenazando a dos agentes del FBI a punta de pistola. Pero no arriesgaré una pena de cárcel por manipular pruebas.

Ahora, el pendrive... Nadie tiene que saber que lo robé de la residencia de Mikhail. Desaparecerá.

———

Después de repasar los detalles específicos de la operación encubierta con Savannah, me dirijo al laboratorio para revisar las grabaciones de vigilancia.

Es una ventaja contra Aaron. Aunque no quiero que se sepa que nos acostamos, puede que haya pocas alternativas en este asunto.

Aaron es peligroso. No lo era cuando nos conocimos, o quizás yo era ingenua ante los peligros. Trabajaba bajo su mando, hacía lo que me pedía, sin importar lo que implicara. Normalmente eran peticiones profesionales, pero hubo momentos en que las cosas se volvieron intensas y apasionadas.

Él irradiaba poder, y yo caí directamente en sus manos.

Nunca más.

Abro la puerta y Aaron sale del laboratorio. Se me corta la respiración.

—¿Buscando pruebas? —me susurra al oído mientras pasa a mi lado.

—¿Qué?

—La pequeña disputa en la casa, desafortunadamente, no quedó grabada.

—¿Has manipulado pruebas? —Mi voz se quiebra en la garganta.

No lo hizo. No lo haría.

El Departamento de Justicia tiene su departamento de investigación separado para empleados sospechosos de violar los estándares de conducta del FBI, la Oficina de Responsabilidad Profesional, o por sus siglas en inglés, O.P.R.

Podría haber usado esa grabación contra él, pero ahora ha desaparecido. Sin ella, es su palabra contra la mía. Probablemente echaría la culpa a Mikhail.

—Yo no he hecho nada —dice Aaron, con un brillo en los ojos—. Uno de los discos de respaldo falló al guardar los datos de ayer. Es una lástima. —Pasa junto a mí, radiante de orgullo.

Quiero matarlo.

Pero no soy una asesina.

Conozco a un hombre que lo es, uno capaz de brutalidad y salvajismo. Pero no soy el tipo de persona que encargaría un asesinato.

Soy una agente federal.

Se supone que estoy del lado correcto de la ley. Pero entonces, ¿por qué hacer lo correcto se siente tan mal?

Salgo a comer y agradezco que el día esté a medio terminar, y pueda irme a casa esta noche para acurrucarme en la cama con un buen libro. Necesito una noche para mí misma para desconectar y relajarme.

—¿Quieres compañía? —pregunta Savannah mientras bloqueo mi ordenador.

—Claro, si no te importa salir bajo la lluvia.

Está oscuro afuera. Las largas y pintorescas ventanas hacen parecer que es de noche, pero es porque hay tormenta.

—¿No prefieres coger algo de la cafetería? —sugiere.

No quiero estar cerca de Aaron, pero eso no es algo que esté lista para hablar con Savannah mientras estamos en el trabajo.

—Solo es un poco de lluvia.

Savannah se ríe.

—Te vas a empapar. Tráeme algo, cualquier cosa.

Cojo mi paraguas y me dirijo al ascensor. Las luces parpadean y refunfuño. Juro que, si me quedo atrapada en el ascensor en lugar de disfrutar de una comida tranquila yo sola, voy a estar de muy mal humor.

Podría usar las escaleras, pero tengo hambre y quiero llegar antes de que aparezca la multitud del almuerzo. Aunque con la tormenta, es posible que esté tranquilo.

Afortunadamente, el ascensor no se atasca, y tengo el placer de empaparme con la tormenta.

Me apresuro con mi paraguas hacia fuera. Hace poco por protegerme del aguacero torrencial. Quizás Savannah tenía razón y debería haberme quedado dentro para comer. Podría haber esperado hasta que Aaron regresara. Dudo que haya salido a comer con este tiempo.

Me apresuro por la manzana, esperando a que el

tráfico se despeje y cambie el semáforo antes de poder cruzar la calle.

Un SUV negro se detiene en el paso de peatones, con la ventana baja.

—Sube —dice Mikhail.

Ya estoy empapada. Me recuerda a la primera vez que subí al vehículo con él. Exhalo profundamente.

—Creo que caminaré. Es un día precioso.

Pone los ojos en blanco ante mi broma. No le divierte lo más mínimo mi sentido del humor.

El vehículo detrás de él toca el claxon cuando no gira lo suficientemente rápido, porque está tratando de convencerme de que vaya con él. No sé adónde va ni qué pretende hacerme.

Le hago un gesto para que siga adelante. No voy a subir, y está bloqueando el tráfico e impidiendo que los peatones crucen.

Cierra la ventana y el conductor avanza lentamente. Las luces de emergencia se encienden y Mikhail sale del vehículo bajo la lluvia.

—¿Ves lo que me has obligado a hacer?

—¿En serio? ¿Vamos a hacer esto ahora? —pregunto. Estamos justo fuera de la oficina del FBI. Hay cámaras por todas partes, aunque no es que tenga algo que ocultar.

—¿Quién te hizo eso? —pregunta Mikhail, mirando mi moratón—. ¿Fue ese canalla, Aaron?

No defiendo a Aaron. Sí me golpeó, y anoche se puso brutal conmigo. Podría haber sido mucho peor, pero duele.

—¿Por qué te importa? —pregunto.

Levanto mi paraguas más alto para protegernos a Mikhail y a mí de la tormenta. No importa. Mi ropa está empapada. Mi pelo está mojado y pegado a mi cuerpo. Hace frío y estoy haciendo todo lo posible por no empaparnos.

La única buena noticia es que tengo mi maleta de la asignación anterior y toda mi ropa está dentro, arriba. Puedo cambiarme si lo necesito.

—Puede que no estemos en el mismo bando, pero no me gusta verte sufrir —dice Mikhail.

—Claro, por eso me pusiste una pistola en la cabeza.
—No me creo ni por un minuto su rollo.

Él niega con la cabeza y desvía la mirada. Parece que tengo la capacidad de frustrarlo. Bien. Vuelve a fijar su mirada en la mía.

—Te pusiste delante de mi pistola, *Kisa*, para proteger a un monstruo.

No defiendo a Aaron.

—Quizás deberías haberle disparado —murmuro en voz baja. No lo digo en serio. Ni siquiera debería decírselo a un hombre que se gana la vida matando personas.

¿Lo considera un deporte o una necesidad?

No pregunto. No quiero saber cómo puede arrebatarle la vida de alguien y extinguirla.

—Ven conmigo —dice Mikhail.

—El FBI sabe que me han descubierto —digo—. Si desaparezco...

—No voy a obligarte a venir con nosotros. Si prefieres empaparte bajo la lluvia, adelante. —Se dirige de nuevo hacia el SUV.

Abro la boca. Una parte de mí quiere ir con él. No debería quererlo; son malas noticias, y podría acabar perdiendo mi trabajo por relacionarme con un criminal.

—Esto no puede ocurrir, Mikhail —digo.

Abre la puerta del vehículo.

—Solo te estoy ofreciendo un viaje.

No le creo. Nunca es tan simple, no con Mikhail Barinov, y ciertamente no con la bratva.

CAPÍTULO DOCE

MIKHAIL

ME CUESTA todo mi autocontrol no darme la vuelta y arrastrarla hacia el vehículo. Está diluviando fuera, Madisyn tiene un ojo morado, y no estoy de humor para juegos.

Me subo al lado del copiloto y cierro la puerta.

—Espera un momento —digo, levantando un dedo hacia Luka.

La lluvia cae con fuerza sobre el parabrisas. Es difícil ver, pero tengo la mirada fija en el espejo lateral.

Ella cruza la calle apresuradamente, completamente empapada. El paraguas que lleva es una auténtica porquería; ni siquiera merece la pena sacarlo con lluvia. Debería estar dentro o cogiendo un taxi para ir adonde sea que se dirija.

—Síguela —digo.

Luka me mira de reojo.

—Obedeceré tus órdenes, pero he estado con suficientes mujeres como para saber que ella no quiere que la sigan.

—¿Qué se supone que debo hacer?

No espero una respuesta de Luka, pero me la da de todos modos.

—Déjala en paz. No sé por qué la persigues. Es una federal y seguramente conseguirá que te encierren.

—¿Viste su ojo morado?

—Sí, nunca te tomé por alguien que maltratara a las mujeres —dice Luka. Me mira antes de activar el intermitente para incorporarse al tráfico.

—No le puse un dedo encima.

—¿Sabes quién lo hizo? —Luka se incorpora al tráfico y pisa el acelerador. Avanzamos bruscamente mientras adelanta a otro vehículo.

—Sí, su exnovio, Aaron. Es un capullo —murmuro. El cinturón de seguridad se tensa cuando Luka se ve obligado a pisar el freno. El tráfico es una pesadilla en la ciudad, y la lluvia no nos está haciendo ningún favor.

—¿Tienes su dirección?

—Trabaja con ella —digo mientras me pellizco el puente de la nariz. Me gustaría destrozarle la cara a ese bastardo y darle una lección. Pero es un federal, lo que me pone en un aprieto. Si le doy una paliza, tendré que matarlo.

—Acechar a los federales y esperar hasta que él salga del trabajo, vaya, eso es difícil de aceptar. No puedo decir que me entusiasme la idea, pero sabes que nunca rechazo un desafío.

Al menos es sincero.

—No te preocupes. No voy a tocarlo. No tendré que hacerlo porque Madisyn volverá arrastrándose a mí.

—¿Y tú la quieres de vuelta, jefe? —Luka dobla la esquina, y me doy cuenta de que hemos dado una vuelta completa. Estamos de nuevo en la calle principal, la misma por la que Madisyn había estado caminando antes.

Es una coincidencia que pasáramos por allí y viéramos a Madisyn. No habíamos pasado intencionadamente por la Plaza Federal. Estábamos en Lafayette Street dirigiéndonos a un almuerzo de negocios, que fue cancelado.

—No quiero a Aaron cerca de ella.

—¿Cómo vas a conseguir eso? Trabajan juntos; tú mismo lo has dicho.

—Haré que lo despidan.

Luka detiene el vehículo a un lado de la carretera.

—Mejor bájate aquí.

Me está dejando para que no me empape más. Es un poco tarde para eso, pero abro la puerta y salgo del SUV. La lluvia aún no ha cesado, y aunque teníamos la intención de reunirnos con nuestro socio para almorzar, solo seremos nosotros dos.

Luka se reincorpora al tráfico para aparcar el vehículo a la vuelta de la esquina.

La campanilla de la puerta suena cuando la abro y entro para resguardarme de la lluvia. Todavía estoy bastante húmedo por la tormenta, pero sobreviviré.

Vislumbro a Madisyn, empapada de pies a cabeza. Su pelo está oscuro cuando está mojado y enredado. Está calada hasta los huesos mientras permanece de pie frente a mí, esperando a que la anfitriona la siente para almorzar.

Ella mira por encima del hombro y emite un fuerte suspiro.

—¿Me estás siguiendo? —pregunta Madisyn.

—Solo estoy aquí con Luka para comer algo.

—Y él está... —Madisyn mira alrededor del restaurante y luego detrás de mí, presumiblemente buscándolo.

—Está aparcando el vehículo —digo.

No la estaba siguiendo, pero la idea es tentadora, ver dónde vive, quién es fuera de la persona que pretende ser cuando está conmigo.

Frunce el ceño, pero no dice nada.

—¿Mesa para dos? —pregunta la anfitriona mientras coge los menús del mostrador.

—Solo para uno —responde Madisyn.

Señalo hacia su rostro magullado.

—Todavía tenemos que hablar sobre lo que él te hizo. —No me agradan los hombres que golpean a las mujeres.

Aunque me traicionó y fingió ser alguien que no es, no merecía su ira.

Solo la mía.

Pero yo no la golpearía.

—Mikhail —dice Luka mientras entra apresuradamente para resguardarse de la lluvia. El paraguas le protegió bien. Debería haber usado esa maldita cosa cuando hablé con Madisyn antes bajo la tormenta.

Rápidamente nos sientan en una mesa no muy lejos de Madisyn. Tengo una línea directa de visión hacia ella. Echa un vistazo breve al menú antes de hacerle un gesto a la camarera para pedir.

—Pensaba que lo vuestro había terminado —dice Luka. Levanta el menú y finge leerlo. Hemos comido aquí docenas de veces. Él siempre pide lo mismo.

—No vamos a cotillear sobre mi vida personal. —Le lanzo una mirada para que se calle.

—No es cotilleo si estoy hablando contigo sobre ello —dice Luka. Deja el menú sobre la mesa—. No es que quieras mi consejo, pero ve a hablar con ella. Has estado mirándola desde el minuto en que entré, probablemente desde antes.

Gruño y aparto la mirada de Madisyn. Ha estado mirando su móvil desde que la camarera se fue.

—No quiero tener nada que ver con ella —digo.

—Eres un pésimo mentiroso.

—¡Ya basta! —le gruño para que cierre el pico. Esta discusión ha terminado.

———

Terminamos el almuerzo, y me ha costado mucha más energía de la que debería ignorar a Madisyn. Cuando por fin se levanta para irse, respiro aliviado.

Ha sido una distracción durante toda la comida.

Pagamos a la camarera y nos levantamos para irnos. Madisyn terminó hace unos minutos, y yo habría esperado que ya hubiera regresado caminando.

Pero sigue lloviendo.

Mierda.

Está de pie junto a la puerta.

—Voy a usar el baño un momento —dice Luka.

—¿No puedes esperar? —Ya estoy de pie, y si me vuelvo a sentar en la mesa, parecerá que estoy evitándola intencionadamente. Lo cual, a estas alturas, es cierto.

Luka me ignora y se escabulle hacia la parte trasera, donde está el baño. ¿Está intentando cabrearme? Porque lo está haciendo de maravilla.

Paso junto a varias mesas vacías y me dirijo a la entrada principal.

Madisyn está junto a la puerta, con su viejo y destartalado móvil en la mano.

¿Está esperando a que pase la lluvia? Podrían ser horas. La previsión no anunciaba que amainara hasta esta noche.

—¿Quieres que te lleve? —pregunto.

—No, estoy esperando mi coche compartido —dice Madisyn. Murmura algo ininteligible entre dientes.

Hay una incomodidad y una pesadez que se siente mientras estamos a pocos metros de distancia.

—Apuesto a que tu jefe estaba orgulloso de ti. —Es un golpe bajo, pero no puedo evitar sentir ira y odio hacia ella por lo que hizo.

—¿Perdona? —Aparta la mirada de la puerta de cristal hacia mí.

—El haber podido infiltrarte en mi organización. —Tengo cuidado de no usar la terminología real en un lugar público. —Apuesto a que te darán una medalla por ello. No debe haber sido fácil.

Sus ojos se tensan, y hay un destello de algo desconocido.

—Sí, una verdadera estrella de oro por haber sido descubierta. Pasaré a la historia como la agente que se acostó con un jefe de la bratva y aun así no consiguió ni un pedazo de información que fuera útil.

Abro la boca, pero la cierro rápidamente. ¿Por qué demonios está enfadada? Yo no la traicioné. Ella sabía quién era yo desde el principio.

—Ese es mi coche —dice y sale por la puerta.

Se sube al asiento trasero, y mi estómago da un vuelco. Alcanzo a ver al conductor, Santiago Rodríguez, un mensajero del cártel Sánchez. Un canalla de poca monta en los rangos más bajos. No es nadie, pero es leal a Carlos.

Normalmente, transporta drogas y armas. Nunca he conocido a miembros del cártel que trabajen para un servicio de coches compartidos, ni siquiera como complemento.

¿Qué demonios está tramando Santiago, y por qué Madisyn se va con él?

Ya está fuera y en el asiento trasero del sedán cuando salgo a la lluvia. El vehículo se aleja de la acera y se incorpora al tráfico.

Madisyn no tiene ni idea de lo que ha hecho y con quién está. Pero no tengo las llaves ni sé dónde aparcó Luka el coche como para ir tras ella.

—¿Estás listo para irnos? —Luka sale y abre el paraguas, protegiéndonos a él y a mí de la lluvia.

—El cártel acaba de llevarse a Madisyn —digo.

—¿Qué quieres decir con llevarse? —Señala en la dirección que deberíamos tomar para recuperar el vehículo. Podría esperar dentro. Normalmente lo hago, pero esto es más urgente de lo habitual.

—Bueno, se fue con ellos. Pero no tiene ni idea de que es Santiago del cártel Sánchez. Pensaba que estaba cogiendo un vehículo compartido para volver a la oficina.

—¿Y tú sabrías eso porque...? —pregunta Luka.

Doblamos la esquina y nos dirigimos al aparcamiento. Luka cierra el paraguas, llevándolo consigo mientras nos dirigimos a las escaleras.

—Es un piso —dice.

Subimos por la escalera. Es más rápido que esperar al ascensor, y en este momento, tengo prisa por encontrar a Madisyn.

—Hablé con ella antes de que llegara el coche. No vi quién era el conductor hasta justo antes de que se fueran.

Quiero estar equivocado, pero era Santiago a quien vi conduciendo el coche.

Luka abre la puerta del segundo piso y me guía hasta el vehículo.

—¿Qué quieres hacer, jefe?

—Empecemos por intentar encontrarlos y seguirles el rastro —digo—. Tienen unos minutos de ventaja, pero ya sabes cómo es el tráfico. Con suerte, no habrán llegado muy lejos.

CAPÍTULO TRECE

MADISYN

—ACABAMOS de pasar el desvío para la dirección que le di.

Comprobé nuevamente la matrícula, la marca y modelo del vehículo antes de subir al asiento trasero.

El conductor no responde.

—¿Señor?

Reducimos la velocidad al llegar a un semáforo, y tiro de la manilla de la puerta, pero no se mueve.

¡Mierda!

Siempre compruebo que el cierre de seguridad para niños no esté puesto cuando me subo atrás en un vehículo compartido. Pero había estado tan concentrada en Mikhail e intentando ignorarle durante la comida que me había distraído.

—¿Quién es usted? ¿Qué quiere? —Intento que mi voz no tiemble, pero quizás no tenga otra oportunidad si no lucho ahora.

Él permanece en silencio.

¿Trabaja para Mikhail? ¿Va a amenazarme porque traicioné a su familia?

Quizás no tenga nada que ver con Mikhail. Desde luego no le reconozco como miembro de la bratva.

¿Tendrá alguna venganza pendiente con el FBI?

O quizás sea solo un pervertido que quiere tenerme a solas.

No importa, necesito salir mientras aún pueda. No estamos lejos de la oficina. Puedo ver el rascacielos desde la carretera. Estamos a una manzana, pero dirigiéndonos en dirección equivocada.

No tengo mucho, solo mis manos y mi bolso. No llevo mi arma porque estaba de incógnito. Está guardada en mi caja fuerte en casa. De poco me sirve ahora mismo.

Agarro las correas de mi bolso y las paso alrededor del cuello del conductor, cortando su suministro de oxígeno, asfixiándole.

Choca contra el vehículo que tenemos delante, y salgo despedida por el asiento trasero.

—¡Zorra! —gruñe, y gira bruscamente el volante mientras pisa el acelerador, esquivando el coche contra el que acabamos de chocar.

Zigzaguea entre vehículos y cruza temerariamente el tráfico, conduciendo en sentido contrario antes de desviarse hacia un callejón.

Al otro extremo de la estrecha vía, hay un SUV negro.

El conductor aminora hasta casi detenerse, antes de apagar el motor.

Dos hombres con trajes oscuros salen del vehículo que bloquea la carretera. La lluvia ha amainado, pero ninguno parece preocuparse por mojarse.

No reconozco al hombre calvo, más alto y musculoso que conducía, pero el segundo, que viene desde el lado del copiloto, me resulta familiar.

Es un asociado de Mikhail; más específicamente, su recadero.

—¿Sergei?

¿Por qué están haciendo esto?

El asociado calvo y alto abre bruscamente la puerta trasera y mete la mano en el vehículo, agarrándome del brazo.

—¿Os ha enviado Mikhail? —¡No puedo creer su descaro fingiendo que le importaba!

—Venga con nosotros —dice el hombre calvo. No responde a mi pregunta. Me arrastra hacia el vehículo que espera mientras Sergei dice algo en voz baja al conductor.

No puedo oír lo que están diciendo, y no me importa.

—¡Suélteme! —grito, luchando. Mi codo golpea las costillas del tipo, pero ni siquiera se inmuta.

Estamos en un callejón oscuro. No hay testigos, ni ventanas, ni señal de nadie más que nosotros.

Si me voy con estos hombres, puede que no tenga otra oportunidad de escapar.

¿Mikhail me quiere muerta?

¿Ha ordenado un golpe contra mí porque trabajo para el FBI?

Piso con fuerza los dedos del pie del hombre calvo y clavo mi codo en su entrepierna.

Gruñe y queda momentáneamente aturdido, soltando mi brazo de su agarre.

—¡Vuelva aquí! —grita, doblado por el dolor.

Claro, como si fuera a quedarme esperando a que me mate. ¿Pensaba que no me defendería? Subestima mi deseo de supervivencia.

Corro en dirección opuesta al vehículo, hacia la calle principal, en busca de ayuda, gritando para llamar la atención de cualquiera.

Sergei me persigue. Sus pasos se vuelven más fuertes y cercanos.

Miro por encima del hombro y cometo el error de verle acercándose. Pero eso no es todo lo que noto; el hombre calvo tiene algo en su mano.

Sólo logro vislumbrarlo. ¿Es una pistola? No da

ningún aviso de que vaya a dispararme... ¿Por qué lo haría si me quiere muerta?

Una descarga eléctrica recorre mi cuerpo.

El bastardo tiene una pistola eléctrica.

Caigo al suelo, incapaz de correr o defenderme.

Sergei me recoge en sus brazos y me lleva de vuelta al vehículo que espera.

Podría haberme matado. ¿Por qué no lo hizo?

———

Despierto en una celda fría y oscura. Una única bombilla en el techo ilumina la habitación. El suelo está helado y duro. Es de cemento. Las paredes son de ladrillo y gruesas, por lo que se ve.

No hay ventanas. Ni rastro del mundo exterior desde mi punto de vista.

Hay una escalera de madera que conduce al piso de arriba. Pero... ¿a dónde? ¿Estoy de vuelta en la casa de Mikhail?

¿Es esta su prisión?

Estoy enjaulada en el sótano, con los tobillos encadenados. Mis manos no están atadas, pero no tengo herramientas para forzar la cerradura ni armas para defenderme.

La habitación es pequeña y polvorienta. Podría haber sido utilizada para guardar vino hace cien años.

Soy su única prisionera, confinada a la muerte.

¿Por qué encerrarme si van a matarme? Nada de esto tiene sentido.

Desde arriba, se oyen pasos pesados contra el entarimado. Alguien camina de un lado a otro de la habitación.

Hay voces amortiguadas, fuertes y ásperas. No puedo entender lo que dicen ni de quién son las voces. La conversación entre los hombres se vuelve más intensa. Los gritos de dos hombres se enfrentan. Lo percibo en el tono de uno de ellos.

Desesperación.

¿Está suplicando por su vida?

Se me seca la boca y mis dedos tiemblan mientras jugueteo con las ataduras metálicas alrededor de mis tobillos. No tengo herramientas, mi bolso no está conmigo, mi maldito móvil quedó abandonado y me han quitado los zapatos.

Suena un disparo y luego un fuerte golpe cuando algo o alguien cae al suelo.

Unos pasos pesados retumban en el piso de arriba. Un minuto después, alguien está abriendo la puerta del sótano.

Alguien baja las escaleras. Está oscuro y es difícil distinguir la figura masculina, pero por su físico y altura, no es Mikhail.

Se coloca bajo la única bombilla que ilumina, y se me corta la respiración. Carlos Sánchez, el líder del cártel. Es la última persona que esperaba ver bajar al sótano.

—Carlos —susurro, mirándole fijamente.

—Sabes quién soy; bien. —Sonríe. —Mi reputación llega lejos. A diferencia de tu novio, al que le gusta gobernar la ciudad. No es nadie fuera de este pueblo.

¿Mi novio? ¿Cree que Mikhail y yo estamos juntos?

—¿Por qué secuestrarme y traerme aquí? — pregunto.

¿Qué pasará cuando descubran que soy una agente federal y no la novia de un líder de la bratva? Estaré muerta.

Carlos se agacha, pero mantiene una amplia distancia entre nosotros.

—¿Por qué crees? Queremos herir a Mikhail.

Me burlo de su sugerencia.

—Pues lo hemos dejado. Tu información está obsoleta.

Tontamente cogí el móvil equivocado al ir a comer. Tenía tanta prisa por alejarme de Aaron que no me di cuenta de que había cogido el móvil que usaba mientras estaba de incógnito. Debieron usar mi móvil señuelo para rastrearme e interceptar la solicitud del viaje compartido.

—Y muerta —dice Carlos—. Sergio no puede volver a trabajar con Mikhail. Ahora que sabes que trabaja para mí, se acabó el juego.

—¿Sergio? ¿Te refieres a Sergei?

Carlos se ríe y se pone en pie.

—Su verdadero nombre era Sergio. Se convirtió en Sergei para infiltrarse entre los rusos.

—¿Qué piensas hacer? —pregunto. No puedo imaginar que simplemente me deje ir libre, y a Mikhail no le importará un comino lo que me pase. No estamos juntos. Nunca fuimos realmente pareja.

—No preocupes a tu linda cabecita por eso. Tengo asuntos más importantes en los que necesito que me ayudes.

Si eso significa salir de las cadenas y del sótano, aprovecharé la oportunidad.

Bajo la mirada, intentando no parecer intimidante o amenazadora. No sabe que soy del FBI, y no quiero que sospeche en lo más mínimo de mí.

Dejo que mi voz tiemble. No es muy difícil, dadas las circunstancias.

—¿Qué quieres que haga? —pregunto.

—Llama a Mikhail. Dile que quieres verle.

¿Eso es todo? Suspiro aliviada. Me están subestimando, lo cual es bueno, pero salir de estas cadenas requerirá más trabajo que simplemente hacer una llamada telefónica.

—No tengo mi móvil.

—Puedes usar el mío —dice. Carlos mete la mano en el bolsillo de sus pantalones, saca su móvil y me lo entrega.

No me sé el número de Mikhail, lo cual sería extraño para una novia. Pero puedo manejarlo.

—No me aprendí su número de memoria. Está guardado en mi móvil.

Él pone los ojos en blanco, coge el móvil y marca a Mikhail, poniendo la llamada en altavoz.

—¿Quién habla? ¿Cómo has conseguido mi número? —contesta Mikhail.

Su voz provoca sensaciones cálidas y hormigueantes dentro de mí.

—Soy yo —digo, como si reconociera mi voz en cualquier parte—. Tu *Kisa*.

No es que conozca muy bien a Mikhail, pero él me había llamado *Kisa* varias veces. Solo puedo esperar que se dé cuenta de que estoy en problemas, que nunca me referiría a mí misma así sin estar bajo coacción.

Especialmente ahora, cuando conoce mi traición y me odia.

Mikhail se aclara la garganta, y su voz es baja y más profunda.

—¿Dónde estás, *Kisa*? —pregunta. Suena sexy, áspero y ronco—. Me encantaría tenerte en mi cama, terminar lo que empezamos en la ducha esta mañana.

Nunca estuvimos en la ducha esta mañana. Está intentando darme una pista. O quizás está siguiendo el juego porque sabe que estoy en peligro.

¿Cómo le digo que Sergei está detrás de mi secuestro y que el cártel me tiene retenida contra mi voluntad?

Carlos me arranca el móvil de las manos y finaliza la llamada.

—¿Qué estás haciendo? —exclamo. ¿No quería hablar con Mikhail?

Carlos levanta un dedo para que espere. El móvil en su mano suena y él contesta.

—Ahora que tengo tu atención, quiero que tus hombres se alejen de mi mercancía.

—¿De qué mercancía estamos hablando? —pregunta Mikhail.

Ni siquiera se molesta en quitar el altavoz.

—No hablo de detalles por teléfono —dice Carlos.

—¿Dónde y cuándo? —pregunta Mikhail—. Debería ser en un lugar público y...

—No —interrumpe Carlos—. Lo haremos a mi manera si quieres ver a tu chica con vida. En una hora, ven a mi complejo. Sabes dónde está, ¿verdad?

—Sí.

Carlos me sonríe y termina la llamada. Sus dos dientes de oro brillan bajo la tenue bombilla.

—Vendrás conmigo. He oído que eres enfermera.

Saca unas esposas del bolsillo trasero.

—Primero, te pones estas. Luego te quitaré las ataduras de los tobillos.

Extiendo mis brazos y él me coloca las esposas

metálicas en las muñecas. No me resisto, todavía no, mientras siga atada al suelo.

Satisfecho de tenerme bajo su control, desbloquea las ataduras alrededor de mis tobillos.

—Ven conmigo —dice y me guía por la destartalada escalera de madera.

El aire arriba es rancio y viciado, tan malo como en el sótano. ¿Dónde demonios estamos?

Hay polvo en cada rincón y sábanas cubriendo los muebles. Este no es el lugar donde vive Carlos, ni es su complejo, donde Mikhail va a reunirse con él.

La bilis me sube a la garganta, y la trago de nuevo.

Carlos le ha tendido una trampa a Mikhail. No sé qué le espera a Mikhail en el complejo, pero yo no estaré allí. No habrá negociaciones ni posibilidades de que me rescate y me lleve a casa.

Dudo que me libere. Probablemente ni siquiera aparecerá para ofrecerle a Carlos lo que quiere. ¿Por qué lo haría? Solo soy una chica que lo quemó desde dentro.

Me odia, y no le culpo.

—¿Dónde estamos? —pregunto. Mi voz es suave y no amenazadora. Mis manos siguen atadas, pero están delante de mí, permitiéndome defenderme cuando llegue el momento oportuno.

Todavía no. No con Carlos y sus hombres merodeando por la zona. No quiero experimentar otra pistola eléctrica en mi espalda o, peor aún, una bala en la cabeza.

Carlos me escolta por la cocina pasando junto al cuerpo de Sergei. Está tirado en el suelo en un charco de su propia sangre. Carlos pasa por encima del cadáver como si fuera un juguete de niño que no han recogido.

—Por aquí —dice, esperando que le siga.

Hay dos miembros del cártel sentados a la mesa de la cocina con pistolas en las manos, observándome. Es como si estuvieran esperando para matarme, deseando apretar el gatillo.

Obedientemente, sigo a Carlos por la cocina, y luego me conduce por una escalera trasera hasta el segundo piso. La casa está llena de telarañas. El lugar ha estado desocupado durante bastante tiempo.

—Necesito que lo cures —dice Carlos mientras me lleva a un dormitorio. Un hombre yace en el colchón, con la cara enrojecida, y está gimiendo.

—No puedo hacer nada con las manos así —digo, mostrándole las esposas.

Carlos refunfuña y mete la llave en la cerradura, quitándome las esposas.

—¿Tienes algún material médico? —pregunto mientras me acerco al paciente. Su frente brilla de sudor. Por lo que veo, diría que tiene fiebre.

—No mucho —admite Carlos, y mira alrededor de la habitación—. No hemos estado aquí en un tiempo.

—El polvo lo delata —digo.

Carlos me da una bofetada con el dorso de la mano.

—Cuida tu tono. Eres una prisionera, no una invitada. —El reciente moratón que Aaron dejó en mi piel vuelve a palpitar. Hago una mueca de dolor y examino al paciente. —Soy Madisyn —le digo al paciente, presentándome.

—Reece —responde con voz ronca. Está haciendo una mueca de dolor mientras habla.

¿Por qué está tratando de ocultar su malestar?

—Soy enfermera. ¿Puedo hacerte algunas preguntas?

Asiente débilmente. Sus mejillas están rojas y sus pupilas dilatadas, pero la habitación está poco iluminada. Abro las cortinas y dejo que entre más luz en la habitación.

—¿Tienes alguna lesión o infección reciente? —pregunto, mientras me acerco a su cama para verlo mejor. Sus mejillas están sonrojadas.

No sé con qué estoy tratando, aparte del cártel y un montón de problemas.

Sus ojos están vidriosos y mira más allá de mí, hacia Carlos.

—Es posible que haya sufrido una lesión —dice. Es cuidadoso con su respuesta. Sospecho que Carlos está detrás de esa lesión, pero no debe querer que acabe muerto como Sergei.

—¿Puedo verla? —pregunto, manteniendo mi tono tranquilo y suave.

Se levanta la camiseta, y hay un signo evidente de infección alrededor de lo que parece ser una herida reciente de arma blanca. La herida está roja e hinchada.

—Tu herida está infectada —digo—. Necesitamos conseguirte antibióticos.

—Aquí no hay ninguno. ¿Qué otras sugerencias tienes? —dice Carlos.

Me alejo de la cama y camino hacia Carlos.

—¿Aparte de llevarlo a un hospital?

Al menos la bratva estaba preparada cuando su asociado había resultado herido. Mikhail se había asegurado de que sus hombres pudieran recibir atención médica adecuada en el centro médico o en su casa.

—Eso será imposible.

—Este lugar no es nada estéril. No tienes el equipo médico necesario para atender sus heridas. Necesita que le limpien y venden la herida. Debería haber recibido puntos, pero es demasiado tarde para eso en este momento.

—¿No puedes machacar ingredientes y hacer una pasta? ¿Algo para poner en su herida para evitar que la infección empeore y se descontrole?

—Necesita antibióticos. Su herida necesita ser atendida adecuadamente, y este entorno no cumple con los estándares que requiere. Llévalo a tu complejo.

—¿Perdona? Tú no das órdenes —dice Carlos. Se acerca más, y su aliento me golpea en la cara.

—Si quieres que tu amigo reciba tratamiento médico, al menos llévalo a un lugar donde pueda encontrar los ingredientes necesarios para hacer una cataplasma. Necesito una compresa limpia, hierbas, sal de Epsom y una variedad de otros ingredientes que no voy a encontrar en la cocina de abajo.

Su mandíbula se cierra de golpe y rechina los dientes.

—Bien. —Me agarra del brazo y me arrastra de nuevo por las escaleras.

Oculto la evidencia del dolor, tragándome la incomodidad de su fuerte agarre mientras sus dedos se clavan en mi brazo.

Me arrastra por las escaleras hasta la planta principal. Sus hombres levantan la mirada cuando pasamos rápidamente por la cocina. Ninguno parece estar particularmente ocupado. Un hombre tiene un cuchillo en la mano y está pelando una manzana. El otro está jugando con su móvil. Por lo que parece, está navegando por una de esas redes sociales.

—¡Llévenlo a él abajo, pronto! —grita Carlos a sus hombres mientras me lleva a toda prisa al sucio salón.

Abre la puerta principal y me arrastra afuera.

Mis pies crujen sobre el suelo frío y nevado. La planta de mis pies duele por el hielo con cada paso que doy hacia el vehículo que nos espera.

Tiemblo. Mi ropa no es lo suficientemente abrigada para el clima, y estoy sin abrigo, sin zapatos e incluso sin gorro de invierno.

El SUV negro está aparcado frente a nosotros junto con un sedán de dos puertas. Observo mejor nuestro entorno. Estamos en medio de la nada, con árboles rodeándonos por todos lados.

No hay otros edificios o personas cerca. Me han llevado a un lugar remoto. Si me quisieran muerta, ya me habrían matado.

Abre la puerta trasera del vehículo.

—¡Entra!

Aunque no quiero hacer lo que me ordena, mis pies arden por el frío y obedezco, subiendo al asiento trasero.

Carlos cierra la puerta de un golpe detrás de mí.

Sus hombres salen por la puerta principal, con Reece haciendo muecas de dolor. Reece tiene un brazo sobre cada uno de los hombres mientras lo arrastran afuera.

Brevemente, intercambian palabras en español; sus voces son bajas, lo que hace difícil escuchar la conversación desde dentro del SUV.

Carlos abre la puerta trasera, y lanzan a Reece a mi lado.

—Mantenlo vivo —dice Carlos. Cierra la puerta trasera de un golpe, encerrándome con el hombre herido.

El sudor brilla en la frente de Reece. Su respiración es superficial y entrecortada. Tiembla, y no puedo distinguir si es por el frío o por la fiebre que recorre su cuerpo.

CAPÍTULO CATORCE

MIKHAIL

—¿ESTÁS seguro de esto? —pregunta Luka.

Es el único hombre que sabe lo que está pasando con Madisyn. Claro, algunos saben que la llevé a mi habitación y pasamos un buen momento, pero no todos saben que es una agente federal y que me traicionó.

La lista de hombres que conocen su traición es corta. No puedo permitir que mis hombres cuestionen mi competencia.

Luka es el único que sabe que ha sido secuestrada por el cártel Sánchez.

Él conduce el vehículo y yo voy en el asiento del copiloto. Nos dirigimos al complejo del cártel. ¿Es ahí donde tienen a Madisyn, o la tienen escondida en otro lugar?

No es ningún secreto que el cártel tiene al menos una docena de casas de seguridad por toda la ciudad. Probablemente más, fuera de Nueva York. Tienen una red intrincada y una operación sofisticada, pero normalmente, secuestrar a chicas guapas no forma parte de su repertorio.

—No, pero no puedo arriesgarme a dejarla en manos de Carlos Sánchez —digo.

Por un momento, había considerado contactar con el FBI y entregarme para salvar a Madisyn.

Fue un pensamiento fugaz que se esfumó rápidamente en el momento en que sonó mi móvil y escuché su voz.

Está viva.

El cártel ya la habría matado si tuvieran la intención de asesinarla y alardear de sus logros. Quieren algo que resulta ser una parte de mi negocio.

No es como si no pudiera permitirme ceder una parte de mi operación, específicamente el contrabando de heroína, que supongo es lo que están pidiendo, aunque no lo dijeran por teléfono.

—¿Crees que presentarse sin un ejército es la jugada correcta? —pregunta Luka.

Es un buen hombre y moriría por mí, como cualquier buen soldado de la bratva. Intenté que se casara con mi hermana pequeña, pero ella no quiso saber nada de él.

—No le temo a Carlos ni al cártel —digo.

Llegamos a las puertas blindadas de hierro del complejo del cártel. Vamos a entrar por la entrada principal.

Luka me mira de reojo, pero oculta cualquier indicio de nerviosismo o duda.

Su móvil vibra.

—No tenemos tiempo para lidiar con nuestros hombres —digo—. Deja que vaya al buzón de voz.

El guardia del cártel pulsa el botón en su cabina y, muy lentamente, la puerta comienza a abrirse. Exhalo un profundo suspiro.

Después de que el móvil de Luka queda en silencio, el mío empieza a sonar. Miro la identificación de llamada. Es Dmitri.

Luka pisa suavemente el acelerador y entramos por las puertas abiertas, siguiendo el amplio camino que conduce hasta la puerta principal.

Carlos no está fuera, pero media docena de sus hombres, armados con pistolas, nos están esperando.

—Ahora no —digo al contestar el teléfono—. Estoy ocupado con algo.

—Pues tienes algo mucho más grande que atender en casa —responde Dmitri.

Hay alboroto en el fondo, mucho. Puedo oír la trituradora de papel a toda velocidad devorando páginas de documentos.

El estómago se me revuelve.

—El FBI está aquí —dice Dmitri.

Cuelga sin darme ninguna indicación de por qué están irrumpiendo en mi casa o qué evidencia tienen para una orden judicial.

No puedo ocuparme de eso ahora. Aunque quisiera, estamos en la propiedad del cártel y están rodeando el vehículo con las armas desenfundadas.

—¡Salid! —grita uno de sus hombres mientras permanece junto a la puerta.

Luka apaga el vehículo y bajamos. Los guardias del cártel son bruscos y minuciosos mientras nos registran en busca de armas, desarmándonos, antes de empujarnos al interior por la puerta principal.

No hay señales de Carlos ni de Madisyn.

¿Dónde está ella?

—¿Dónde está Madisyn? —grito a los guardias armados, particularmente a aquellos que me arrastraron del vehículo y me empujaron escaleras arriba hasta el interior. Sus ojos son oscuros, sin vida.

El cártel es conocido por sus negocios turbios junto con el tráfico de drogas y armas, pero el secuestro no es algo en lo que sepa que hayan participado antes. ¿Están ascendiendo en los rangos con el tráfico de personas, no solo de mercancías, a través de la frontera?

—Nosotros hacemos las preguntas —dice Carlos mientras baja por la escalera, elegantemente vestido, pero con una pizca de sangre en la mejilla.

Tengo la boca seca y cierro las manos en puños a los costados.

—¿Dónde está Madisyn? —pregunto de nuevo. Esta vez, la pregunta va dirigida al líder del cártel, no a sus soldados.

Se endereza la corbata y se detiene frente a un espejo, admirando su reflejo antes de responder a mi pregunta.

—Está trabajando para mí.

Su respuesta es desconcertante. No puedo imaginar genuinamente que ella quiera hacer su voluntad. —¿Perdona?

¿De qué diablos está hablando? ¿Ha perdido la cabeza, o tiene algo contra ella? No, si ese fuera el caso, entonces el FBI estaría registrando el lugar de negocios y la casa del cártel en vez de la mía.

Me invade la náusea al darme cuenta de que mi casa está siendo destrozada y desmantelada por los federales. ¿Qué están buscando? ¿Es por Aaron

Moore? ¿Intentó tenderme una trampa? No me extrañaría, viniendo de ese hombre. Aterroriza a Madisyn, y la evidencia en su rostro es suficiente para hacerme querer golpear al hombre y hacerlo pedazos.

¿Se habría dado cuenta el FBI de que Madisyn no había regresado de comer? ¿Sospecharían que yo estaría detrás de su secuestro?

—Me has oído —dice Carlos mientras se acerca. Hace un gesto a sus hombres para que se aparten y pueda ponerse cara a cara conmigo. Con sus ojos diminutos me examina, disgustado con mi apariencia. Negando con la cabeza, se acaricia la mandíbula—. No sé qué ve esa chica en ti. Podría conseguir algo mucho mejor.

—Ella es un diez —digo, queriendo convencerle de que me pertenece. No quiero que ninguno de mis secretos llegue al cártel. Y Carlos es un hombre que la obligaría, de manera dolorosa, a revelar cada detalle que haya visto o escuchado, por trivial que fuera—. ¿Dónde está?

Se acerca más y sonríe.

—Está atendiendo a uno de mis hombres.

Echo el puño hacia atrás y le asesto un golpe en la cara. El sonido de huesos crujiendo ofrece poco alivio. ¿Qué le están haciendo hacer?

El guardia que me trajo al interior del complejo del cártel me aparta de Carlos y me golpea con su arma en la cabeza antes de quitar el seguro y apuntar el cañón contra mi sien.

—¡Madisyn! —grito, mirando hacia la escalera, suponiendo que la tienen arriba porque de allí es de donde vino Carlos. Pero podría estar en cualquier parte.

Saca un pañuelo de su chaqueta y comprueba si le gotea sangre de la nariz. Se puede romper la nariz de un hombre sin que la sangre brote a borbotones.

Su nariz está torcida, lo que aparentemente coincide con su personalidad. Quiero machacarlo a golpes, pero no creo que sus hombres me lo permitan. Probablemente el imbécil que está a mi lado con la pistola en mi cabeza me dispararía hasta matarme.

—Está ocupada con otro de mis hombres en este momento —dice Carlos, y se ríe de su comentario—. Baja eso —le indica al hombre que lo defiende, y el arma junto a mi sien se baja.

—¿Cómo supiste que es mía? —Renunciar a algo para salvar a Madisyn no es sensato para la organización y mis hombres. Pero estoy aquí, contra todo buen juicio. Principalmente, tengo la sospecha de que algo más siniestro está ocurriendo a mis espaldas.

Esta vez, Madisyn no es la culpable.

Al menos no creo que lo sea, y no habría razón para que se uniera al cártel para volver a mí. No tiene sentido.

Carlos se ríe entre dientes y vuelve a guardarse el pañuelo en el abrigo.

—¿Crees que revelaría todos mis secretos?

—Quizás ni siquiera la tengas —digo—. Tus hombres han estado realizando estafas durante años. La voz al otro lado del teléfono podría haber sido simulada para sonar como Madisyn.

La sonrisa en el rostro del líder del cártel desaparece.

—¿Quieres ver a tu novia? ¡Aaron! —grita Carlos desde la entrada principal.

¿Aaron?

No puede ser el mismo Aaron que es el exnovio de Madisyn y está con el FBI; eso sería demasiada coincidencia. Aaron es un nombre bastante común; debe ser otra persona.

No importa cuánto desee que fuera un Aaron diferente; el mismo cabrón engreído que apareció en casa de Madisyn la otra noche baja por las escaleras, con la mano en la barandilla, luciendo arrogante como la mierda.

Quiero borrarle esa sonrisa de la cara y machacarle la cabeza contra el suelo. El hombre merece una buena paliza después de cómo trató a Madisyn. Es repugnante.

¿Cuánto sabe Carlos sobre Aaron?

—Mejor aún, entrégame a Madisyn y te hablaré del agente encubierto del FBI con quien estás trabajando —digo—. Uno de tus hombres es un federal.

Carlos mira por encima de su hombro a Aaron.

—¿Te refieres a este tipo? —Señala con el pulgar hacia Aaron. —Aaron es uno de mis asociados más leales. Sé que trabaja para el FBI. ¿Cómo crees que hemos conseguido que miren hacia otro lado durante tanto tiempo?

—Tu leal hombre de aquí le gusta maltratar a mujeres —digo—. Le dio ese ojo morado que lleva.

—Ha estado follando con este tipo —dice Aaron, señalándome—. Se merece un recordatorio de a quién pertenece.

Carlos no parece inmutarse lo más mínimo por mi comentario o el de Aaron.

—Lo que le pase a la chica no me importa mucho. Pensé que sería divertido invitarte a ver a quién elige.

—¿Esta es tu idea de una invitación? —El cártel está más loco de lo que nunca les di crédito en el pasado.

—Es un compromiso. Libero a la chica y tú renuncias a tu derecho a vender heroína. El cártel será el vendedor exclusivo. A menos que quieras trabajar para mí y distribuir nuestro producto.

Me burlo de su sugerencia.

—No voy a trabajar para ti.

Carlos sonríe con suficiencia, sin sorprenderse lo más mínimo por mi respuesta.

—¿Tenemos un trato?

—No —digo—. Deja que Madisyn se vaya conmigo y no quemaré tu casa hasta los cimientos.

—No tienes agallas para hacerlo —dice Carlos y se cruza de brazos.

Me está provocando.

Me muerdo la lengua para no revelar que he cometido una infinidad de actos terribles, asesinando hombres, amenazando a mujeres y niños. No soy ningún santo. No pretendo ser un buen tipo, porque no lo soy.

Aaron es un agente del FBI, y no importa si está encubierto o si es un agente corrupto trabajando con Carlos; no puedo arriesgarme a que algo de lo que diga quede grabado. No tengo la ventaja de registrarlo en busca de micrófonos u otros dispositivos que lleve encima.

Carlos da órdenes a uno de sus hombres para que traiga a Madisyn. Su asociado sube las escaleras y, varios minutos después, regresa con ella. Sus dedos están firmemente apretados alrededor de su brazo.

Hay sangre seca pegada a sus dedos, y su pelo está despeinado. Va descalza y se estremece cuando la arrastran con fuerza escaleras abajo y la empujan junto a Carlos.

—Es un placer verte de nuevo —dice Carlos con una sonrisa irónica, mirando a Madisyn. La examina de arriba abajo, mirando lascivamente sus pechos.

—¡Basta ya! —le gruño a Carlos, y mi puño se estrella contra su mandíbula. Desafortunadamente, no parece que se la haya roto, ni siquiera dislocado.

Qué pena.

Me habría gustado haberle dado dos veces a ese cabrón y haberle enseñado una lección a esa sucia alimaña.

Uno de sus guardias me aparta de él de un tirón, empujándome varios metros hacia atrás para mantener una distancia adecuada entre su jefe y yo.

Los ojos de Madisyn se abren como platos mientras nos mira a mí y a Aaron. No estoy seguro a quién desprecia más.

—¿Qué está pasando? —pregunta Madisyn.

Carlos sonríe con orgullo. No tengo la más remota idea de lo que pasa por la cabeza de ese hombre. Tengo la sensación de que lo que sea que tenga planeado no va a facilitarme la vida.

—Van a luchar por ti.

—¿Luchar por mí? —Su ceño se frunce. Mira a Aaron, y luego su mirada se posa en mí. Da un paso tentativo hacia atrás.

¿A dónde cree que va a ir?

¿Hasta dónde llegará? No hay posibilidad de que el cártel la deje salir.

Tropieza hacia atrás varios metros antes de que uno de los guardias la atrape. Sus dedos se clavan en sus brazos desnudos, dejando una marca duradera en su piel.

—No te muevas —susurra en voz demasiado alta, para que prácticamente todos en las cercanías puedan oírlo.

Madisyn lucha contra su agarre antes de ceder.

—Déjala ir —digo—. Tu problema es conmigo. Madisyn no tiene nada que ver con esta negociación.

—No es mucho de negociación considerando que la han retenido contra su voluntad, por lo que puedo determinar.

Carlos se acaricia la barbilla antes de dejar caer las manos a los costados.

—Ven conmigo. —Se aleja por el pasillo, y cuando no me muevo lo suficientemente rápido para seguirlo, uno de sus hombres me pincha en la espalda con su pistola.

———

—¿No vas a seguir adelante con esto por una simple chica? —Luka está a mi lado.

¿Está tratando de convencerme de que se la entregue a Aaron?

Ni de coña voy a dejar que ese cabrón le ponga un dedo encima a Madisyn.

Es mía.

Aunque sigo enfadado y no quiero tener nada que ver con ella, de alguna manera me he involucrado en una "noche de lucha" con el cártel. Nos escoltan hasta el sótano y a través de un pasillo de túneles oscuros hasta que llegamos a una pequeña habitación para prepararnos.

Parece que hemos estado caminando durante kilómetros.

—Desnúdate. Hay pantalones cortos en el contenedor —dice uno de los hombres mientras señala un contenedor junto a la pared.

La habitación es diminuta. No hay ventanas ni otras salidas, solo la puerta por la que entramos. No hay forma de escapar de la habitación.

Lanzo un puñetazo a la cara del guardia, y su cuello se echa hacia atrás. En cuestión de segundos, tiene su pistola apuntándome.

—No me hagas enfadar al jefe —dice, empujando el cañón contra mi frente.

—Adelante, dispárame.

Su mirada se endurece.

—No, le disparararé primero a la chica guapa, tu premio. Y te haré mirar.

Luka sacude sutilmente la cabeza, advirtiéndome que este hombre no vale la molestia.

El guardia cierra la puerta de golpe detrás de nosotros y la asegura. Estamos encerrados dentro. Maravilloso. ¿Cómo demonios voy a salir de este lío?

—¿Alguna noticia de casa? —pregunto, mirando a Luka.

Él saca su móvil. El cártel es descuidado. Nos registraron en busca de armas, pero ni siquiera nos quitaron los móviles. Fui descuidado, dejando el mío en el vehículo fuera.

—No hay señal —dice Luka. Lleva su móvil por la pequeña habitación, levantándolo más alto como si eso le ayudara a conseguir señal para hacer una llamada. ¿A quién va a llamar?

¿Están realmente los federales en el complejo? Si es así, tal vez estoy más seguro aquí con el cártel.

—Esto es ridículo —dice Luka, y vuelve a meter el móvil en su bolsillo—. No puedes pelear contra ese tipo. Lo matarás.

—Ese es el objetivo.

No me da la más mínima vergüenza mientras me quito la ropa y busco un par de pantalones cortos negros de gimnasio en el contenedor. Me los acerco a la nariz y hago una mueca por el hedor. No han sido lavados y apestan a sudor y sangre.

Opto por usar mis bóxers negros que llevaba debajo de mi ropa. Serán suficientes para darle una paliza a Aaron.

—El cártel te está tendiendo una trampa, jefe. Carlos te culpará por matar a Aaron, un agente federal, y te hará arrestar.

—No es tan estúpido como para traer a los federales a su casa —digo.

Las luces parpadean, y el rugido de la multitud resuena a través de la pequeña habitación. Es prácticamente un armario, pero las paredes son de ladrillo y no ceden.

Se acercan pasos pesados a la puerta, y el pestillo del cerrojo hace clic cuando uno de los hombres del cártel abre la puerta.

—Es la hora.

—Jefe, déjame luchar en su lugar —dice Luka.

Es noble, pero no voy a dejar que se meta en el *ring* con Aaron. Quiero golpear al hijo de puta que dejó una marca en la cara de Madisyn. Aaron no tenía ningún derecho a tocarla.

—Eso no va a pasar —digo—. Esta pelea es mía.

—Venid con nosotros —dice el guardia, y nos hace un gesto para que salgamos al pasillo y le sigamos.

No está solo. Un segundo guardia lo acompaña, y ambos tienen sus armas listas por si intentamos pelear. Aunque la idea ha pasado brevemente por mi mente, no sé dónde tienen a Madisyn, y no he venido para abandonar la misión y dejarla atrás.

Ella vendrá conmigo y pagará por su traición.

Seguimos por el largo y estrecho pasillo. Está tenuemente iluminado y mugriento. El sótano necesita una buena limpieza y una capa de pintura fresca. A medida que nos acercamos, el sonido transporta gritos y vítores bulliciosos de hombres.

Hay una jaula en el centro de la habitación. Las bombillas halógenas del techo iluminan el espacio oscuro y húmedo.

Ya hay docenas de hombres alineados, bebiendo y animando las actividades que están por venir. Los hombres están haciendo apuestas, específicamente los hombres de Carlos.

Aaron entra caminando desde el extremo opuesto de la sala. Otro pasillo conduce al foso.

—Tú puedes con esto —dice Luka, animándome.

No necesito que me tranquilice.

—Encuentra a Madisyn —digo, acercándome más a su oído—. Sácala de aquí.

Las luces del techo parpadean una vez más. Carlos se adentra entre la multitud. Las burlas y la excitación se intensifican aún más. Es como si la electricidad fluyera directamente al corazón de la jaula mientras los hombres se apartan para dar paso al líder del cártel.

Están despejando el camino para nuestra pelea.

Carlos abre la puerta de metal de la jaula y me hace un gesto para que entre primero. No supongo que me encerrará en el recinto y me dejará ahí. Habría bastantes asistentes decepcionados.

Comienza el anuncio, presentándome como si necesitara alguna presentación. Empiezan los abucheos. Cuando gane la pelea, comienzo a preguntarme cómo saldré de aquí.

¿Es Carlos un hombre de palabra?

De a un problema a la vez.

La multitud se aparta para dejar paso a Aaron mientras le animan cuando entra en la jaula para pelear. Lleva una brillante bata de satén rojo.

Parece apropiado, ya que soy el toro que destrozará su trasero.

—Solo puede haber un ganador. El hombre que salga con vida —dice Carlos y se ríe. Está disfrutando demasiado de esto.

No sabe que he luchado contra hombres que duplicaban mi tamaño; he asesinado y masacrado a criminales que me han traicionado. No necesito un arma para quitarle la vida. Tengo mis propias manos.

Aaron deja caer su bata en el borde de la jaula contra el alambre metálico.

—¡Cinco!

Comienza la cuenta atrás.

Soy rápido con los pies, y Aaron lanza un puñetazo en mi dirección antes de que Carlos llegue a "uno". A nadie parece importarle que sea un tramposo.

Lo anticipo porque yo haría lo mismo si pensara que me van a dar una paliza.

Por suerte para mí, tengo ventaja. Aunque él es más alto por unos centímetros, yo soy más musculoso. He luchado contra docenas de hombres. Cuando mi padre era *Pakhan*, me arrojaba al *ring* para aprender a defenderme.

Esquivo su golpe y veo un destello metálico brillando bajo la luz en su mano.

Aaron tiene una hoja en la palma.

—¿No creías que tenías oportunidad sin un cuchillo? —me burlo de él.

El ruido caótico de la multitud nos rodea y me abuchea, animando a ese imbécil.

La mirada de Aaron se estremece ante mi comentario.

Oh, me ha oído.

Un espectador lanza una botella de cerveza contra la jaula. Se estrella contra el alambre metálico, pero me sobresalta lo suficiente como para que Aaron me arañe con la punta de su cuchillo.

La herida es superficial. Sobreviviré. He sufrido cosas peores a manos de hombres que tenían motivos para quererme muerto.

¿Cuál es su motivo?

¿Es porque me acosté con Madisyn y es un celoso de mierda?

—Te quiero muerto —dice Aaron, y su labio superior se crispa mientras me mira con disgusto—. Nunca volverás a poner un dedo encima a mi novia.

—¿Tu novia? —Ya he tenido suficiente de bailar con él en el *ring*. Es hora de dejarlo inconsciente.
—Madisyn no es tu novia. No quiere tener nada que ver contigo. —Lanzo un fuerte gancho de derecha que seguramente dejará una marca mañana.

No cae al suelo, pero no esperaba que lo hiciera después de un solo puñetazo. Probablemente ha recibido una paliza o dos cuando entrenaba en Quantico.

Probablemente sabe pelear como un agente federal, pero no como un ruso.

Él *caerá*. Me aseguraré de ello.

A través del ruido y el caos circundante, vislumbro la brillante bata roja que Aaron llevaba momentos antes.

Madisyn la tiene envuelta alrededor de su cuerpo. Está envuelta en el material de satén.

Está animándolo a él.

CAPÍTULO QUINCE

MADISYN

LOS HOMBRES de Carlos me pasean como si fuera un trofeo.

Felix, uno de los asociados de Carlos, me obligó a desvestirme y cambiarme a un conjunto de sujetador y bragas de encaje negro que no deja nada a la imaginación.

Estoy expuesta, en exhibición. Me quitan mi ropa antes de sacarme del armario y arrastrarme hacia el centro de atención.

—Nuestro premio de esta noche —anuncia Carlos cuando entro en la escena caótica.

Los hombres son bulliciosos; varios de ellos lanzan

botellas vacías de cerveza a la jaula en medio del sótano.

Por suerte, no me prestan mucha atención. Su foco está en los dos hombres que intercambian golpes en la jaula.

Aaron y Mikhail están en plena pelea.

No puedo imaginar que sea una lucha justa. Aaron es un agente del FBI altamente entrenado, pero no tiene mucha experiencia en peleas callejeras. Aunque tampoco sospechaba que estuviera trabajando con el cártel.

Traicioné a Mikhail.

Aaron me traicionó a mí... Aunque no es que estemos juntos. No quiero tener nada que ver con él.

Me abrazo a mí misma, pero hace frío.

Felix me empuja más cerca de la jaula.

—Disfruta del espectáculo —me susurra al oído. Me está dando un asiento de primera fila, pero no lo quiero.

Sin embargo, tampoco puedo apartar la mirada.

—Quédate aquí —ordena Felix. Me deja junto a la jaula y se dirige hacia Carlos para intercambiar unas palabras.

No puedo distinguir lo que dicen, pero ambos están momentáneamente distraídos.

Hay un albornoz de satén en el borde de la jaula. Alargo mi pequeña mano, saco la tela roja a través de los barrotes metálicos y me envuelvo con ella, atando el cinturón alrededor de mi cintura.

Me queda enorme, pero al menos me cubre. ¿Cuánto tiempo pasará hasta que me obliguen a quitármelo y me pongan nuevamente en exhibición?

Mikhail rompe su concentración con Aaron y clava sus ojos en mí. Es solo por un instante, y paga el precio.

Aaron tiene una navaja automática en la mano y desgarra la carne de Mikhail. Tiene suerte de que no le haya atravesado.

La multitud anima a Aaron, pero Mikhail no ha disminuido ni flaqueado. Ambos hombres me ignoran mientras lanzan puñetazo tras puñetazo, asestando golpe tras golpe en los cuerpos del otro.

Es doloroso de ver.

Aaron no juega limpio ni con honestidad. Pisa con fuerza los pies descalzos de Mikhail y le hace tropezar, derribándolo al suelo.

—¿Así es como quieres jugar? —grita Mikhail a su oponente.

La saliva vuela en el aire entre ellos mientras se golpean sin piedad.

Aaron murmura algo, pero está de espaldas a mí. No puedo distinguir el intercambio entre los dos hombres.

Mikhail arranca la navaja de las manos de Aaron. Vuela a través de la jaula y golpea los barrotes metálicos antes de caer al suelo con un ruido metálico.

—¿Qué tal si luchamos como hombres?

—Tú no eres un hombre —grita Aaron.

Me ciño más el albornoz, cruzando los brazos sobre el pecho. El aire está frío y viciado. La habitación huele a humedad y a sudor. No quiero mirar, pero no puedo apartar la vista.

Si Mikhail gana, ¿qué me sucederá?

No va a dejarme ir sin más.

Si Aaron gana, no estaré mejor. Me tratará como una muñeca de trapo, me zarandeará. Me maltratará. Es lo que hace. Me trata como basura porque le hace sentirse mejor consigo mismo.

No voy a quedarme a esperar para ver quién gana y puede reclamarme como su premio. Me abro paso entre la multitud, alejándome de la jaula, cuando tropiezo con uno de los hombres de Mikhail, Luka.

—Ven conmigo —susurra, agarrándome del brazo.

—¡Suéltame! No voy a ir a ningún lado contigo. —Me libero bruscamente de su agarre. Llamamos la atención de Felix cuando se da cuenta de que no estoy parada junto a la jaula donde me dejó para ver la pelea.

—Como quieras, pero yo no pienso quedarme a ver lo que ocurre —dice Luka. Sale disparado entre la ruidosa multitud, logrando desaparecer.

Me apresuro tras él. Si tiene una forma de salir, voy a aprovecharla.

—¿Estás dejando atrás a tu jefe? —Le sigo de cerca.

—Pareces sorprendida —dice Luka con una sonrisa irónica.

—Pensaba que los de la bratva os manteníais unidos.

Me agarra del brazo y me conduce por un pasillo oscuro. Abre de un tirón la primera puerta a la derecha y me empuja dentro. Él viene justo detrás de mí.

—Sigue caminando.

—¿Conoces el camino por la casa del cártel? —pregunto.

—No. Mientras Mikhail peleaba con tu novio, yo estaba haciendo mi propia labor de reconocimiento.

—Aaron no es mi novio. —Al menos ya no. No lo ha sido desde hace bastante tiempo, y la idea de que me toque me provoca náuseas.

—Lo que sea. —A Luka no parece importarle. —Mis órdenes son llevarte a un lugar seguro.

—¿Tus órdenes? ¿Para quién trabajas? —No puedo evitar dudar de su lealtad hacia Mikhail y la bratva rusa. Sergei fingió ser leal a Mikhail. ¿Cómo sé que Luka no es otro agente infiltrado?

—Mikhail Barinov —dice Luka. Pasa junto a mí y me agarra de la mano, arrastrándome por el túnel—. Baja la voz —susurra.

Permanezco en silencio excepto por mi respiración, ya que tengo frío y estoy agotada. La adrenalina bombea por mis venas mientras corremos por el oscuro pasadizo. Hay varias puertas cada pocos cientos de metros, y no puedo ni imaginar adónde conducen o si nos estamos adentrando en un peligro mayor.

—Por aquí —dice Luka mientras abre una de las puertas y nos apresuramos por otro corredor—. Ve más despacio, intenta parecer discreta —dice.

¿Cómo voy a conseguir eso llevando una bata roja brillante?

Unos pasos retumban contra el suelo cuando un guardia se dirige hacia nosotros.

Luka me empuja contra la fría pared de piedra, con sus manos en mis caderas y su boca presionada contra la mía.

El guardia silba en señal de aprobación mientras pasa junto a nosotros.

Los dedos de Luka suben por mi bata, y abro los ojos de golpe.

¿Qué demonios está haciendo? Ha ido demasiado lejos.

Le doy un rodillazo en la entrepierna y le estampo el puño en la cara.

Se dobla de dolor.

¡Bien!

—Lo siento —murmura Luka. Se apresura a disculparse, pero es demasiado tarde.

Paso junto a él con paso firme, dirigiéndome hacia donde acababa de venir el guardia. ¿Por qué no pareció sorprendido de vernos? ¿Es así como habían llegado los espectadores para ver la pelea?

Él me persigue.

—Lo siento. Intentaba parecer convincente —dice.

Ignoro sus súplicas mientras abro la puerta al final del pasillo. ¡La libertad, por fin!

La puerta conduce al exterior. El aire es gélido, frío. Mi aliento se condensa con cada exhalación que escapa de mis labios. Hay docenas de vehículos abandonados en un aparcamiento desierto.

No reconozco exactamente dónde estamos, salvo que seguimos dentro de la ciudad.

—Necesitamos encontrar un móvil. —Es una lástima que ya no existan cabinas telefónicas. Mi móvil desapareció hace tiempo. Me ajusto más la bata. Tengo los pies helados sobre el frío asfalto.

Luka saca su móvil y me entrega el dispositivo.

—¿Te refieres a esto?

Me dan ganas de matarlo.

—¿Lo has tenido todo este tiempo?

—No funcionaba dentro del complejo del cártel —dice Luka. Desbloquea su dispositivo—. Pero ahora tenemos señal.

—¡Dame eso! —Arrebato el móvil de sus manos y marco el número del agente Kingston.

—Agente Kingston —Barrett responde a su móvil.

Suspiro aliviada de que conteste la llamada. Le habría aparecido como un número desconocido.

—Agente Kingston, soy Madisyn Taylor —digo, usando mi apellido de encubierta. Si Luka y los hombres de Mikhail no han descubierto mi apellido, Carter, no tengo intención de dárselo.

—¿Dónde está usted? Estamos en la residencia de Barinov y hemos registrado todo el lugar buscándola.

—El cártel me recogió esta tarde. Uno de los hombres de Carlos debe haber interceptado mi solicitud de transporte. He logrado escapar con uno de los hombres de Mikhail, pero debe usted saber, señor, que Aaron Moore está trabajando con el cártel.

—¿Está usted segura?

—Está trabajando con Carlos, y ahora mismo está en una pelea ilegal con Mikhail. Están luchando para ganarme como premio. Luka y yo logramos escabullirnos, pero alguien notará pronto que nos fuimos. No pasará mucho tiempo hasta que nos estén buscando a los dos.

—Iré a recogerla. ¿Dónde está? —pregunta de nuevo.

No estoy segura de la ubicación exacta.

—Le enviaré la ubicación —digo, dándole la información del GPS para que envíe un equipo de ayuda antes de finalizar la llamada.

Le devuelvo el móvil a Luka.

—Deberías marcharte.

———

El agente Kingston llega junto con una unidad SWAT. Me guían rápidamente hacia el asiento delantero de su vehículo, con la calefacción al máximo.

La puerta, sin embargo, permanece abierta, lo que no ayuda a calentar mis pies, pero no tengo tanto frío como antes.

Les dibujo un mapa, y la unidad SWAT se prepara para irrumpir en las instalaciones.

—¿Hay alguna posibilidad de que usted tenga otro par de botas en el maletero? —pregunto. Quiero formar parte del equipo que se infiltra en el cártel y pone fin a la pelea.

—¿Zapatos? No puede ir de operativo vistiendo eso —dice Barrett.

Al menos todavía llevo la bata. No es ni un poco discreta. El rojo llameante destaca incluso en la oscuridad, pero es mejor que andar por ahí en ropa interior.

Abre el maletero, saca su chaqueta reglamentaria del FBI y la coloca sobre mis hombros.

—Usted se quedará aquí. Entre en calor, intente relajarse. Lo ha hecho bien ahí dentro.

No me siento ni un poco bien. Mikhail sigue en el *ring*, peleando con Aaron. Suponiendo que uno de ellos no haya matado al otro todavía.

Cada segundo parece una hora mientras el SWAT irrumpe por la misma entrada de donde escapamos.

Luka no siguió mi consejo. Volvió corriendo al caos, intentando ayudar a Mikhail antes de que llegara el FBI. Es leal hasta la imprudencia. Luka tuvo la oportunidad de salvarse, pero en su lugar, me sacó a mí y luego volvió a por su jefe.

La redada ocurre en cuestión de minutos, pero pasa a cámara lenta. Los hombres reaparecen desde la entrada oscura con esposas, escoltados uno a uno por las autoridades.

Exhalo con alivio cuando arrestan a Aaron. Tiene la cara roja, el labio ensangrentado y el ojo hinchado.

—¿Qué estáis haciendo? ¡Quitadme estas esposas! —discute Aaron con uno de los miembros del SWAT.

No me muevo de mi posición en el borde del vehículo, con el aire cálido golpeando mi espalda, calentándome, mientras el frío acaricia mis mejillas.

—Madisyn, diles que soy del FBI y que no debería llevar esposas.

No voy a decirles nada. El bastardo merece ver el interior de una celda.

—Soy del FBI —suplica Aaron—. Ha habido un error. ¡Barrett! —Fija la mirada en mi supervisor. Mi ex apesta a desesperación.

El SWAT y varios agentes del FBI siguen saliendo del sótano con hombres esposados. Todavía no he visto a Mikhail.

Hay varios hombres del cártel, incluido Felix, pero no hay señal de Carlos.

¿Habrá escapado antes de que los federales comenzaran a asaltar el lugar? Podría estar escondido en cualquier parte del complejo. Había varios túneles y habitaciones en el sótano, sin incluir la planta principal del complejo y el piso superior.

¿Qué hay de Mikhail y Luka?

Sacan a más hombres, varios rostros desconocidos, esposados. Eran espectadores que se reunieron para ver la pelea.

Me estremezco. El aire es glacial cuando reconozco a Mikhail siendo escoltado por uno de los líderes del SWAT. Luka está justo detrás de él, también esposado.

Mikhail no lleva más que su ropa interior. Su pecho está rojo y probablemente estará amoratado mañana. Su mejilla tiene una buena marca, y hay un corte visible, goteando sangre de la herida de cuchillo en su pecho.

A diferencia de los otros que son conducidos a la parte trasera de un coche patrulla, a él lo llevan a una ambulancia.

Salgo del vehículo y me meto los brazos en la chaqueta del FBI mientras me apresuro descalza por el aparcamiento hacia el alboroto.

—Agente Carter. —El tono de Barrett me advierte que vuelva al vehículo.

Bueno, no puedo hacer eso. Mis pies arden por el asfalto frío, pero me apresuro hacia la parte trasera de la ambulancia, donde están poniendo a Mikhail en una camilla.

—Has salido con vida —digo.

—Tú también —susurra.

Los paramédicos lo suben a la ambulancia. Mikhail está esposado, inmovilizado. Su mirada se encuentra con la mía. Está conteniendo cualquier indicio de dolor, pero la sangre gotea de la herida en su pecho. La anterior herida era superficial, pero la segunda fue peor.

Su piel brilla y está pálida. El paramédico le conecta un suero y aplica presión sobre la herida, vendándola.

La ira que esperaba no está ahí. Es más bien alivio lo que me inunda.

—Esto no ha terminado, *Kisa*.

—Supongo que no, pero vas a ir a prisión. —Sonrío y doy un paso atrás, dejando que los paramédicos se ocupen de Mikhail mientras regreso al vehículo. No hay más que decir. Solo debía ser una misión.

No se suponía que debía acostarme con Mikhail, el jefe de la bratva. Y enamorarme de él estaba fuera de cuestión.

Pero mientras me alejo más de la ambulancia, miro por encima del hombro.

Él esboza una sonrisa porque de alguna manera sabe que ha conseguido afectarme, y no podré olvidarme de él. Nunca.

CAPÍTULO DIECISÉIS

MIKHAIL

NUEVE SEMANAS DESPUÉS...

El FBI no tiene nada contra mí. La orden de registro para el complejo de la bratva era estrictamente para encontrar a Madisyn.

Tuvieron que liberarnos. A Luka también.

—Quiero que pasemos por la Plaza Federal —le digo a Luka.

—¿Crees que es prudente, jefe? —Luka está al volante.

Dmitri ha estado manteniendo el fuerte mientras yo entraba y salía del hospital para operarme. Si no es una cosa, es otra. La puñalada fue profunda y requirió puntos, pero la pelea acabó rompiéndome el bazo.

He llegado a confiar aún más en Luka durante las últimas semanas. Su lealtad al salvar a Madisyn será recompensada algún día.

—No, pero quiero verla.

Corrección. Necesito verla. Han pasado nueve semanas desde que tuve mi dosis de Madisyn Taylor. Al menos ese es el nombre que me dio cuando se derrumbó.

Su verdadero nombre es Madisyn Carter. He conseguido indagar en su pasado.

Una vez por semana, paso en coche por su apartamento en la ciudad. A altas horas de la noche, cuando deja la persiana abierta, puedo verla en su dormitorio, con las luces encendidas.

Es como si dejara las persianas abiertas para mí. ¿Me verá alguna vez observándola desde mi coche en la calle, aparcado frente a su edificio?

No me he acercado a ella. He mantenido las distancias porque quiero protegerla.

Hasta que los miembros del cártel sean procesados y su organización se desintegre, será un objetivo, especialmente si creen que estamos juntos.

No es de extrañar que su estúpido exnovio no supiera que todo era una farsa, nuestra relación. Bueno, no era falsa para mí cuando empezó, pero ese es un secreto que me llevaré a la tumba.

La cagué y me enamoré.

No puedo dejar que eso vuelva a suceder. Juro que no lo haré, pero ha habido demasiadas noches sin dormir. La volveré a llevar a mi cama.

—Hay otras formas que son mucho más sutiles —dice Luka.

—¿Te refieres a encontrármela por casualidad? —No soy un hombre sutil. Trabajo con un propósito y si quiero algo, lo tomo.

—Podrías empezar enviándole flores.

—Yo no envío flores. —No puede hablar en serio. No soy ni remotamente suave o delicado. No es así como opero.

Luka está haciendo un esfuerzo desesperado por no sonreír.

—Cierto. Podrías enviarle una Glock.

—Muy gracioso —murmuro entre dientes—. Creo que darle un arma ilegal a una agente federal no es mi mejor movimiento.

Se encoge de hombros con indiferencia, concentrado en la carretera.

—Te pondría las esposas y podría cachearte.

Es hombre muerto.

—He terminado de hablar contigo sobre Madisyn. ¿Cómo va tu vida amorosa? —Estoy amargado y ni siquiera me importa.

—Tan inexistente como la tuya —dice Luka—. Podríamos ir a la discoteca, encontrar un buen polvo. Seguro que hay alguna chica allí que puede satisfacer tus deseos.

La idea me revuelve el estómago. No quiero a nadie más. Quiero a Madisyn.

—No. —Corto su sugerencia, sin querer escuchar una palabra más ni pensar en lo que quiere hacerle a alguna chica de la mitad de su edad. A él le gusta perseguir culos, y yo solo estoy interesado en perseguir a Madisyn.

Maldita sea, me ha calado.

Joder.

—Vale. ¿Podríamos pedirte una *escort*? —dice Luka.

Esa es su forma amable de sugerir traer una prostituta al complejo. No necesito pagar por sexo. Puedo tener a cualquier número de mujeres guapas que quiera. El problema es que esas mujeres no son Madisyn. No importa cuánto se parezcan a ella o suenen como ella. No son ella.

Me horroriza su comentario.

—O podríamos secuestrar a Madisyn y hacer con ella lo que me plazca.

Luka me mira de reojo.

—Esa es una opción, pero permíteme recordarte lo que ocurrió la última vez que desapareció. Los federales asaltaron nuestro complejo, y ni siquiera la teníamos en nuestro poder.

Tiene razón.

No me importa. La quiero, y quiero hacer con ella lo que me plazca.

—Tráela a mi casa.

Los nudillos de Luka se ponen blancos mientras agarra el volante.

—¿Y si no viene voluntariamente, jefe?

—Lo hará. —No hay duda de que ha estado sufriendo sin mi tacto sobre su tersa piel. Se doblegará a mi voluntad, y la romperé si es necesario.

———

Me aseguro de que mis hombres tengan el complejo en orden, limpio y, lo más importante, cualquier cosa incriminatoria cerrada bajo llave y escondida.

Traerla a casa es un riesgo, pero uno que estoy dispuesto a asumir.

Si fuera un hombre honorable, la dejaría en paz, dejaría que viviera su vida y olvidaría el momento que compartimos.

Pero no soy ni remotamente bueno. Me enorgullezco de ser brutal y despiadado. Es así como sobreviví cuando mi padre era *Pakhan* y yo no era más que un príncipe insignificante.

Con la brutalidad viene la fuerza. Él me enseñó todo lo que sé, y fue con su sabiduría y guía que pude tomar el trono cuando murió.

No fue sin lucha.

Sus hombres quizá cuestionaran mi mando, pero nunca mi lealtad. Ahora caen a mis pies si se lo exijo.

Excepto Sergei.

Él es el único error que me mantiene despierto por las noches.

Bueno, aparte de Madisyn. Esa mujer es una víbora y me engañó.

Sergei tiene suerte de estar muerto. Si no lo estuviera, habría destripado al bastardo por lo que le hizo a la familia.

Miro mi reloj y cojo mi abrigo.

—¡Vámonos! —le grito a Luka.

—Pensaba que ibas a esperar aquí. —Luka coge las llaves y me acompaña hasta el SUV. Desbloquea las puertas y se sube al lado del conductor para llevarme.

Podría conducir, pero él es también mi guardaespaldas, y agradezco el par de ojos extra para asegurarme de que no nos siguen. Está entrenado para anticipar lo inesperado. Conozco mis debilidades y me alío con hombres que pueden evitar que acabe muerto.

—Quiero ver la cara de Madisyn cuando nos presentemos.

—Es justo, jefe.

Me siento delante con Luka. Salimos del complejo y cruzamos la ciudad en dirección opuesta a su apartamento. Al menos su piso alquilado estaba más cerca, pero estoy seguro de que eso fue intencional mientras trabajaba de incógnito.

Hay bastante tráfico, pero salimos con tiempo suficiente para asegurarnos de que ella aún no ha llegado a casa del trabajo.

Luka ha estado vigilando sus movimientos, siguiéndola a diario. Toma el metro, lo que significa que volverá a casa caminando en lugar de conduciendo. Nos da tiempo para situarnos junto a ella antes de que entre en su edificio.

Giramos la esquina, pasando la estación de metro, y lo primero que veo es su abrigo rojo brillante, con su larga melena color vainilla cayéndole hasta media espalda.

La chica debería llevar gorro y bufanda.

Él reduce la velocidad del SUV hasta avanzar muy despacio cuando nos acercamos a Madisyn. Presiono el botón plateado y la ventanilla baja.

Está temblando por el frío. Con una mirada en mi dirección, sus manos enguantadas se convierten en puños. Madisyn exhala un profundo suspiro, y su aliento queda suspendido en el aire.

—¿Qué quieres, Mikhail?

La forma en que pronuncia mi nombre hace que mi miembro se agite en mis pantalones. No debería estar tan obsesionado con una chica, pero me tiene atado por dentro, y necesito deshacer este nudo.

—Sube —digo, con un tono firme y nada amistoso.

Ella mira de mí a su edificio.

¿Está intentando decidir si puede correr y llegar dentro antes de que la atrape?

Deja de caminar, y Luka frena. El aire gélido se filtra en el vehículo, y agradezco cuando Luka pone la calefacción al máximo.

Madisyn no se acerca más.

—¿Qué quieres? —pregunta y cruza los brazos sobre el pecho. Sus guantes negros de cuero destacan sobre su brillante abrigo rojo de lana.

—Quiero que subas al vehículo.

Ella mira alrededor. Está oscureciendo y no hay otros peatones en la calle.

¿Está buscando a alguien que la ayude?

Después de un momento, se acerca al SUV y abre la puerta trasera.

—Eso ha sido más fácil de lo que pensaba —murmuro mientras ella cierra la puerta de golpe.

Cierro la ventanilla. El calor comienza a llenar el vacío, calentando el SUV de nuevo. Me giro en mi asiento para mirarla.

Luka aleja el vehículo de la acera y se dirige de vuelta al complejo.

—¿Cómo estás? —pregunto. Me he preguntado cómo le ha ido después de lo ocurrido con el cártel. Estoy agradecido a Luka por sacarla antes de la redada. Sin embargo, ella es responsable de haber traído a los federales durante la pelea.

Probablemente fue lo mejor, evitando que tuviera que matar a un agente federal, bueno, un exagente a estas alturas. Está en prisión esperando juicio. Ha estado en todas las noticias estas últimas semanas.

Ella se ríe por lo bajo.

—No me has pedido que venga para sentarme en el asiento trasero y que puedas saber cómo estoy.

Madisyn es inteligente. Nunca le di suficiente crédito antes.

—¿Cómo está Aaron? —pregunto con una sonrisa irónica.

—No he hablado con él, pero está entre rejas. Justo donde deberías estar tú.

—Ay. —Finjo estar herido por su comentario. —No quieres verme arrestado. —Me gustaría pensar que he conseguido abrirme paso más allá de su fría fachada. Es una pose, un espectáculo que tiene que montar debido a su trabajo.

Su mirada se endurece, y ladea ligeramente la cabeza.

—Pareces tener la extraña habilidad de evitar ser procesado.

—Eso es porque no hay pruebas.

Exhala suavemente y se abrocha el cinturón de seguridad.

—¿Adónde me llevas? Si piensas matarme, preferiría al menos tener la oportunidad de sacar a mi perro y dejarlo con algún vecino.

—No tiene perro —dice Luka.

—Podría tener un perro —replica Madisyn. Se inclina hacia delante—. ¿Me habéis estado espiando?

—Él se ha estado asegurando de que estés a salvo y de que el cártel te deje en paz, por orden mía. —No quiero que se enfade con Luka. Él no merece su ira. Si quiere enfadarse con alguien, puede descargar su frustración conmigo.

—Tengo mi placa y una pistola. Soy agente del FBI, por si lo habías olvidado —dice Madisyn.

Mi mandíbula se tensa y aprieto los dientes.

—No lo he olvidado. —Tiene la increíble habilidad de afectarme. Quiero darle una lección y hacer que me suplique perdón por lo que hizo, por su traición.

Exhalo larga y lentamente.

—¿Por qué has subido al vehículo si crees que vamos a matarte?

Ella se acomoda en el asiento. Sus hombros se relajan y aprieta los labios. Pero no responde.

¿Madisyn cree que voy a hacerle daño?

Sí, soy capaz de cometer actos atroces. He amenazado a familias y niños, pero solo porque protegía a mi propia familia.

Familia que me repudió.

La bratva es mi sangre. La única familia que me queda que significa algo para mí. Mi hermana y sus dos hijos se han ido, fuera de mi vida. Ella está jugando a las casitas con uno de mis enemigos más odiados, y cría a los gemelos con él.

Él es su padre, pero ella debería haber sido más inteligente y más cuidadosa.

Nunca le hice daño. Bueno, no sin causa justificada. Puede que dejara que la ira se apoderara de mí, pero la dejé ir, la liberé para que estuviera con el hombre que ama.

Todavía odio al bastardo. Tampoco me cae muy bien ella.

La familia son los lazos que creamos, no la sangre que corre por nuestras venas. Mis hermanos son la bratva, los hombres leales, que derramarían su sangre para protegerse unos a otros. Son devotos y honorables, hombres por los que vale la pena luchar y estar a su lado.

Madisyn no responde a mi pregunta sobre por qué subió al SUV si pensaba que la mataría. Es porque no cree que tenga intención de hacerle daño.

Si hubiera querido matarla, ya estaría enterrada, y las pruebas, destruidas.

—¿Cuánto va a durar esto? Tengo una cita importante esta noche —dice Madisyn.

Gruño ante sus palabras. La idea de que alguien más se acerque a ella me pone de los nervios.

—Dame tu móvil.

Frunce el ceño, pero me lo entrega.

—Supongo que también vas a querer cachearme.

Una sonrisa irónica se forma en las comisuras de mis labios. Solo imaginar mis dedos recorriendo cada curva de su delicioso trasero hace que mi miembro palpite.

—No solo quiero hacerlo. Tengo que cachearte —digo. La idea de empujarla contra una pared y separarle las piernas me dan ganas de bajar la ventanilla.

¿Hace calor aquí?

Lo último que quiero en el mundo es que Madisyn se dé cuenta de que me tiene comiendo de su mano. No, yo soy quien tiene el control. No ella. Así es como tiene que ser.

CAPÍTULO DIECISIETE

¿POR QUÉ DEMONIOS fui contra mi buen juicio y me subí al asiento trasero del vehículo de la bratva?

¿Me he vuelto loca?

Si Mikhail quisiera verme muerta, no habría insistido en que su socio me sacara del complejo del cártel hace varias semanas.

Probablemente solo quiere hablar. Y no es el único que necesita hacerlo.

Aunque, ¿por qué no podría haberlo hecho aquí? Junto a mi apartamento. ¿Por qué conducir hasta su casa? Al menos esa es la dirección hacia donde su chófer se dirige.

—¿Cuánto va a durar esto? —pregunto. Necesito saber a qué juego está jugando Mikhail. Le debo que me alejara del cártel y, más aún, le debo una disculpa por haberme acostado con él.

No soy el tipo de chica que mezcla trabajo y placer. Excepto que eso es exactamente lo que hice, y no puedo dejar de pensar en sus dedos clavándose en mi cadera, en mi cuerpo envolviendo su polla.

Mikhail me mira de arriba abajo. No puede ver mucho con el abrigo de lana y mis zuecos negros.

¿Sabrá que estoy suspendida del trabajo? Acostarme con el líder de la bratva está mal. No habría perdido mi trabajo si hubiera sido sincera, pero mentir al respecto es problemático. Al menos según el libro de reglas del FBI.

Soy una rebelde y, como tal, significa una suspensión de treinta días sin sueldo.

Tengo suerte de no haberme quedado completamente sin trabajo.

—¿Con quién vas a quedar? —pregunta Mikhail, ignorando mi pregunta.

—¿Qué?

Luka detiene el vehículo frente a las puertas de entrada del complejo de la bratva. Mi estómago da vueltas como en una carretera helada, girando salvajemente fuera de control.

—Mencionaste que tienes una cita importante esta noche. ¿Con quién es? —Mikhail vuelve a su interrogatorio.

—No es nadie que conozcas —miento. No tengo ninguna cita. Solo quería ver si se pondría celoso. Parece alguien celoso, como si no estuviera dispuesto a compartirme con otro hombre.

Probablemente sea lo mejor. No creo que pudiera manejar a dos hombres posesivos a la vez.

Esbozo una sonrisa mientras Luka pone el motor en punto muerto y las puertas se desbloquean. Comprobé el cierre de seguridad para niños cuando entré en el vehículo. Abro la puerta y salgo, estirando las piernas.

Él prácticamente salta del vehículo para terminar su interrogatorio. Es tan malo como el FBI cuando se trata de exigir una respuesta de inmediato.

—¿Quién es? —me gruñe Mikhail.

—¿Por qué quieres saberlo? ¿Estás celoso?

Me clava la mirada.

—Esta noche eres mía. Quien sea con el que vas a quedar, dile que no vas a poder ir.

Me devuelve el móvil con un empujón.

Abro la boca, sorprendida de que no se quede con mi móvil. Tampoco me ha registrado en busca de un arma.

Abro mis mensajes de texto y los miro brevemente antes de volver a meter el móvil en mi bolsillo. No había mensajes nuevos, aunque tampoco es que esperara ninguno.

No hay ninguna cita importante.

A menos que cuente una caja de helado y una película romántica frente al televisor. Aunque no es que Mikhail tuviera que saber lo que había planeado. No es asunto suyo.

—Entra —dice Mikhail. No es una invitación. Es una orden. Me agarra la mano y me conduce por la puerta principal.

Se me corta la respiración en la garganta, y obedientemente le hago caso y le sigo dentro. Luka está a unos metros detrás de nosotros y cierra la puerta después de entrar.

Mikhail me lleva rápidamente por el pasillo hasta el estudio y cierra la puerta corredera detrás de nosotros.

—¿Qué estamos haciendo? —pregunto, sin entender por qué me ha traído a su casa.

—Siéntate. —Señala hacia el sofá.

—Prefiero estar de pie. —Cruzo los brazos sobre el pecho, con el abrigo aún puesto aunque me estoy acalorando.

—De acuerdo, quédate de pie. ¿Vamos a hablar de lo que hiciste?

—¿Lo que yo hice? —me burlo de su pregunta.

—Te acostaste conmigo. ¿Era todo parte de tu pequeña misión? —pregunta Mikhail. Se acerca, cerrando la distancia entre nosotros.

No me muevo. Mi cuerpo se ha quedado congelado en el sitio.

Mikhail extiende la mano, apartando un mechón de pelo detrás de mi oreja.

Me estremezco y un escalofrío me recorre el cuerpo. ¿Se da cuenta del efecto que tiene sobre mí? Me aclaro la garganta, tratando de ocultar el calor que crece dentro de mí.

—¿Lo era? —Está menos paciente de lo que recuerdo. Incluso cuando está enfadado conmigo, hay una calidez y una pasión que irradia.

Mi voz es suave, y mi pregunta apenas está por encima de un susurro.

—¿Me odias? —Necesito saber la verdad porque, si los papeles estuvieran invertidos, no estoy segura de que tendría dentro de mí la capacidad de perdonarle. Me han hecho daño demasiadas veces.

—Debería —dice Mikhail—. Debería odiarte, jurar no volver a hablarte nunca.

Mis labios se entreabren y exhalo un suspiro lento y constante.

—Me lo merezco —digo. Mi mirada cae al suelo. ¿Por qué me ha traído aquí? ¿Para provocarme y atormentarme? ¿Quiere recordarme cómo le hice daño y cuánto me odia?

—Bueno, no es lo que quiero. —Mikhail vuelve a estar sobre mí. Esta vez, sus dedos están en mi pelo. Agarra un puñado de mis mechones rubios, tirando de ellos, guiando mi rostro hacia el suyo. —Te quiero a ti, *Kisa*.

Cada respiración que tomo se vuelve más sonora, más profunda, más ronca. Yo también le quiero. Pero él es bratva. Es todo lo que yo no puedo ser. Yo soy buena. Él es malvado.

Pero el mundo no es tan blanco y negro.

Él me salvó la vida.

Bueno, técnicamente, su camarada me salvó el culo, pero fue por órdenes de Mikhail. Él intentaba mantenerse con vida mientras yo escapaba.

—Va contra las normas —digo, mirando fijamente su oscura y ardiente mirada.

Su voz no vacila. Es más fuerte y contundente con su pregunta.

—¿Las normas de quién?

Tengo la boca seca. Ya estoy en problemas con mi trabajo. Si me asocio con Mikhail, nunca tendré otra oportunidad con la Agencia.

—Va contra las normas asociarse con un delincuente conocido.

—No he sido condenado —alardea Mikhail.

No se equivoca, pero la semántica no importa. La Oficina de Responsabilidad Profesional ya está encima mío por mentirles, por acostarme con él, y tener cualquier tipo de relación garantizará que pierda mi trabajo.

Sus labios se acercan a los míos, y jadeo por la presión que se acumula y el ardiente infierno dentro de mí. Mikhail me atrae con más fuerza contra su cuerpo, y puedo sentir su excitación creciendo entre nosotros.

—Te deseo, *Kisa*.

—Podrías tener a cualquiera —digo.

¿Por qué me quiere a mí?

Soy una don nadie, una chica que le traicionó. ¿Está haciendo esto para vengarse de mí? ¿Para mostrarme lo que se siente ser la tonta?

Captura mis labios de nuevo, pero esta vez hay una rudeza que desprende. Me está quitando la chaqueta de los hombros, y el abrigo de lana cae suavemente al suelo.

Mis pensamientos actuales se alejan de mi cabeza mientras sus dedos guían mi cuello hacia un lado. Besa un camino por mi cuello, reclamándome.

Doy un grito cuando deja su marca en mi piel, mordiendo mi clavícula. Mi cuello queda expuesto mientras arrastra su lengua por mi piel y sus dedos suben mi falda cada vez más.

Su tacto enciende mi cuerpo.

Mikhail me empuja contra la ventana. El frío cristal me provoca un escalofrío.

—¿Frío? —susurra, mordisqueando mi cuello.

—Sí —susurro, respondiéndole con la verdad. Mis pezones están endurecidos por el repentino frío en mi espalda. Muy pronto, verá la evidencia.

Con una mano, agarra mi mandíbula.

—Bien. No me vuelvas a mentir nunca, *Kisa*.

Nunca.

Empuja mi falda más arriba. Sus dedos apartan mis bragas mientras me provoca con ellos. Se inclina más cerca, con su aliento haciéndome cosquillas en la oreja.

—¿Quieres que te folle?

Mis labios se separan, pero las palabras no salen.

Mikhail se echa hacia atrás, liberándome de su agarre.

—¿Por qué te has detenido? —Mi corazón late con fuerza, golpeando contra mi caja torácica. Me habría entregado completamente a él para que hiciera conmigo lo que quisiera.

Se ríe por lo bajo.

—*Kisa*, debes responderme cuando te hago una pregunta. —Su pulgar acaricia mi mejilla, y me inclino hacia su tacto.

—Te responderé —digo. Requiere más energía de la que jamás imaginé hablar, expresar en voz alta el simple pensamiento de "sí".

Sus dedos me guían hacia el sofá, y me gira para que mire hacia el brazo del sillón.

—Inclínate —ordena, guiándome hacia delante mientras levanta mi falda.

Hay una frescura que acaricia mi piel cuando el aire alcanza mi trasero cubierto por las bragas. Tira del material de satén hasta el suelo, y sus dedos se deslizan por mi trasero antes de marcar mis mejillas.

—¡Ay! —jadeo y aprieto los glúteos. Mis ojos se abren, y me aparto, poniéndome de pie, cubriéndome. Mi falda vuelve a caer alrededor de mi cintura—. ¿Acabas de darme una palmada?

Me agarra por la cintura y me atrae hacia él. Sus dedos se deslizan bajo mi falda.

—Separa las piernas —ordena.

Hago lo que me manda.

—Debería darte una lección por mentirme y traicionarme —dice Mikhail.

Inhalo bruscamente.

—¿Vas a darme otra palmada? —La habitación se siente a mil grados, y tengo la mitad de la mente pensando en deshacerme de toda mi ropa, pero si va a ponerme sobre sus rodillas, no estoy segura de estar preparada para eso todavía.

—Ese es un tipo de castigo —dice.

Los dedos de Mikhail me acarician bajo la falda, explorando mis pliegues.

Exhalo de golpe cuando su tacto enciende una sensación palpitante en mi centro. Es raro que algún hombre me haya llevado al límite. Normalmente, son rápidos, veloces, y buscan satisfacerse solo a sí mismos.

Pero Mikhail es diferente.

—Estás mojada, *Kisa*. El castigo, aunque normalmente lo encuentro bastante efectivo, me preocupa que puedas disfrutarlo demasiado. — Golpea mi coño, y un gemido bajo y gutural se me escapa.

La sensación palpitante solo se intensifica más, y Mikhail parece complacido con su logro.

—Tu castigo será determinado más tarde —gruñe mientras afloja su cinturón y desabrocha sus pantalones.

—Bien —susurro, dejando que mi mirada vague más abajo.

Extendiendo la mano, le ayudo a quitarse los pantalones y los calzoncillos, y me arrodillo, deseando tomarlo en mi boca.

Agarra un puñado de mi pelo, haciéndome volver a ponerme de pie.

—Después —dice—. Ahora mismo, quiero sentir tu estrecho coñito alrededor de mi polla. Quiero oírte gritar mi nombre.

Mis entrañas palpitan con sus palabras, con su dominación. Es diferente a cualquier hombre con el que haya estado. Ninguno ha sido jamás un miembro de la bratva, y mucho menos el líder.

Desabrocho dos botones de su camisa antes de que él rasgue el material, cayendo la tela blanca al suelo.

—Estabas tardando demasiado —dice.

Es magnífico, y aunque lo había visto desnudo antes, no había podido admirar sus abdominales cincelados ni su físico resplandeciente. Mi palma acaricia su pecho y baja por su abdomen, sintiendo sus músculos bajo mi tacto.

—Ven conmigo. —Me lleva hasta el brazo del sofá. —Abre las piernas —susurra contra mi oído. La mano de Mikhail me guía hacia delante, empujándome contra el sofá, sobre el brazo, mientras se hunde en mí.

No es en absoluto suave ni lento. Estoy agradecida de que ambos queramos lo mismo. Mis dedos arañan la tapicería del sofá mientras me inclino hacia delante.

Su polla me embiste, y alargo una mano para tocar mi clítoris.

—¿Qué estás haciendo? —Su voz es áspera y cortante.

¿Qué coño cree que estoy haciendo?

—Organizando una fiesta —replico.

Se ríe por lo bajo. ¿Le parece gracioso? No pretendía serlo, pero si él va a correrse, ¡yo también quiero, maldita sea!

No detengo mis caricias, dejando que mis dedos circulen alrededor de mi clítoris mientras él continúa embistiéndome, acelerando el ritmo. Cierro los ojos con fuerza, y mis entrañas tiemblan y se estremecen cuando los primeros espasmos comienzan a sacudirme, ondulando a través de mí.

Mikhail me gruñe, apartando mi mano mientras acaricia mi clítoris con dos dedos.

—Soy el único que te dará placer —gruñe en mi oído—. No lo olvides nunca, *Kisa*.

Mis caderas se mueven con él, y con su otra mano, sujeta mi cintura mientras embiste con más fuerza, penetrando más profundamente dentro de mí.

Estoy al borde y quiero liberarme.

—Entonces, déjame correrme de una puta vez —digo. Mi respiración es áspera y espesa.

Normalmente, odiaría estar en esta posición, inclinada sobre el sofá, pero con Mikhail, es íntimo, y él tiene el control. Nunca he cedido el poder a nadie.

Pero a él me sometería voluntariamente.

No lo entiendo, pero me excita.

Él me excita.

Muerde mi cuello. La sensación me lleva al límite.

Me contraigo alrededor de su polla. Los espasmos me recorren, haciendo que mis entrañas tiemblen y que mi corazón palpite violentamente en mi pecho.

Gruñe en mi oído mientras se deja ir, liberándose dentro de mí.

Jadeo en busca de aire mientras me levanto y lentamente me doy la vuelta, rodeando su cintura con mis brazos.

—Esto no puede ser algo entre nosotros —digo. No sé qué está esperando, pero si quiero recuperar mi trabajo, no puedo estar acostándome con Mikhail.

Es más complicado que solo mi trabajo.

—Estoy embarazada —susurro.

—¿Ya? No creo que funcione así. —Se ríe y besa mi frente.

Niego con la cabeza.

—Estoy embarazada de al menos nueve semanas, Mikhail. Por eso estoy suspendida del trabajo, porque mentí a mis supervisores sobre lo que pasó entre nosotros. Les revelé que estoy esperando un hijo tuyo.

Un destello de ira ilumina sus facciones.

—¿Se lo dijiste a ellos antes que a mí?

No sabía cómo reaccionaría Mikhail a la noticia, y su implicación lo cambiaría todo. Ya no podría ser agente del FBI. Me obligarían a dejar mi trabajo.

—No me encontraba al cien por cien, y me enviaron a ver a un médico. No tenía intención de decírselo a ellos primero, pero le dije algo a Savannah, mi compañera, y ella me arrastró al despacho de mi jefe. Entonces, lo siguiente que supe es que estaba suspendida por mi conducta.

—Quiero que te vengas a vivir conmigo —dice Mikhail.

Su respuesta me pilla desprevenida. Acabo de decirle que no podíamos continuar con nuestras escapadas. Estoy embarazada, ¿y él quiere que empaque todas mis cosas y me mude?

No puede hablar en serio.

—¿Estás loco? —Debe de haber perdido la cabeza, y son las endorfinas las que le están haciendo decir semejantes tonterías.

—Es más seguro si estás aquí, bajo mi techo.

No hemos llegado a ese punto. Ni siquiera estamos cerca de estar en ese momento juntos.

—Eso no es motivo para mudarse con alguien. Además, esto ha sido algo de una sola vez. ¿Verdad?

Sus dedos se clavan en mi cadera, atrayéndome contra él.

—No quiero que se acabe. Estás esperando un hijo mío. Es mío, ¿verdad? —Su voz es áspera y profunda.

—Por supuesto que es tuyo. Lo juro por mi vida. Tú eres el padre.

Su otra mano se acerca a mi mejilla y coloca un mechón rebelde detrás de mi oreja.

—Te deseo, *Kisa*. No fui a tu casa y te traje conmigo para follarte.

—¿Estás seguro de eso? —Eso es precisamente lo que ocurrió, lo hubiera planeado o no.

Agarra mi pelo con el puño, levantando mi mandíbula para que lo mire.

—¿Quieres volver a casa con tu cita? —pregunta con desdén.

—No hay ninguna cita —confieso, con las mejillas ardiendo.

—Si no te mudas conmigo... —susurra y se acerca. Sus labios juguetean con mi cuello, rozando mi piel desnuda—. No podré meterme en tu cama siempre que lo desee. Este juego entre nosotros terminará para siempre. ¿Sabes por qué? —pregunta.

Se me corta la respiración.

—¿Por qué? —digo con voz ronca.

—Los federales te estarán vigilando. No puedo arriesgarme a que vuelvas a ellos con información. Demuestra que me quieres en tu vida y en la de nuestro hijo.

Aplasta mi boca en un beso abrasador antes de tirar de mi labio inferior, atrapándolo entre sus dientes.

Gimo en respuesta. Todos los pensamientos se desvanecen momentáneamente mientras despierta de nuevo un calor dentro de mí.

Afloja su agarre en mi boca y me deja hablar.

—¿Demostrarlo cómo? —pregunto.

—Eligiéndome a mí en vez de a ellos. Múdate conmigo.

Su mirada es oscura, e inclina la cabeza, observándome, esperando mi decisión.

—¿Elegirte a ti? —susurro. ¿Es siquiera una opción?

Apenas conozco a Mikhail, y lo que he leído sobre él lo describe como un monstruo. En el tiempo que he pasado con él, no he visto ese lado temerario y peligroso.

Quiero creer que hay dos caras en este hombre, una versión que no es tan malvada. Lo peligroso no me asusta. Tal vez debería. No es el dulce chico de al lado.

Mikhail es el hombre de las pesadillas que te despiertan empapada en sudor frío.

No debería querer estar con él. Debería huir mientras aún puedo, mientras sigo siendo libre. Pero no quiero alejarme de él. En cambio, me someto a él. Es irresponsable y una locura, pero me salvó la vida, y la idea de que se meta en mi cama cuando lo desee agita mi interior de formas en que no debería.

—Demuestra tu lealtad —dice Mikhail.

—¿No lo he hecho ya? —pregunto. Me deslizo fuera de su abrazo y me dirijo hacia mi abrigo en el suelo. Me agacho, cojo la chaqueta de lana y meto la mano en el bolsillo interior, sacando un pendrive.

—¿No la usaste contra mí? —pregunta Mikhail, con evidente sorpresa en su voz.

—Te juré lealtad —digo, mirando fijamente su oscura mirada.

Agarra mi muñeca con una mano, y con la otra, dejo caer el pendrive en su palma.

—Nadie conoce tus secretos. Ni siquiera yo.

Nunca conecté el pendrive a un ordenador. Habría sido fácil traicionarlo, delatarlo y hacer que lo detuvieran. Sin duda hay pruebas incriminatorias, algo que lo vincula con todos los crímenes que han cometido él y sus hombres.

—Me protegiste —dice Mikhail, cerrando la mano alrededor del pendrive—. Podrías habérsela entregado al FBI. ¿Por qué no lo hiciste?

Sinceramente, no lo sé.

—Supongo que no soy muy buena agente después de todo —digo.

Su mirada se tensa.

—No me creo eso ni por un segundo. Dime la verdad, *Kisa*.

Aprieto los labios. La verdad es más difícil de decir en voz alta.

—Creo que cuando llegó el momento de entregar el pendrive, ya había empezado a sentir algo por ti.

Sus facciones se suavizan mientras una sonrisa irónica se dibuja en las comisuras de sus labios.

—¿De verdad?

Tiemblo y recojo mi ropa del suelo. Sin su cuerpo acurrucado contra el mío, la habitación está más fría.

Mikhail coge su camisa del suelo. Los botones están esparcidos por todas partes, y coloca la prenda blanca sobre mis hombros, dejando que me cubra.

—Me gusta cuando llevas mi camisa.

—¿Por qué? —pregunto, metiendo los brazos en las mangas. Me cierro las solapas delanteras.

—Es sexy que todos sepan que tú y el bebé que crece dentro de ti me pertenecéis a mí.

EPÍLOGO

MADISYN

DIMITO DEL FBI y acepto un puesto a tiempo completo en Steele Concierge Medical. Mikhail insiste en que no tengo que trabajar fuera del complejo, que con gusto me pagaría un sueldo como su enfermera de guardia.

Especialmente porque vivo con él.

Pero no quiero estar en esa posición otra vez, acostándome con mi jefe.

Por supuesto, cuando Mikhail necesita que atienda alguna herida que uno de sus hombres se hace, soy su primera opción, especialmente si estoy en casa.

Incluso en Steele Concierge Medical, siempre parecen encontrarme en la unidad y terminan siendo mis pacientes. En la mayoría de los casos, no me importa. Los chicos, aunque son rudos con los demás, son amables conmigo.

Probablemente porque Mikhail los mataría si no lo fueran.

—Deberíamos tomar algo después del trabajo —dice Hannah—. Me muero por ir a bailar y tener una noche libre. Mark me está dejando tener una noche de chicas. Así que tienes que venir.

No le he revelado a Hannah que estoy embarazada o que vivo con mi novio de la bratva. Muy pronto, tendré que decírselo porque empezará a notarse. Bueno, la parte de que estoy embarazada. Me he comprometido a guardar el secreto sobre la pertenencia de Mikhail a la bratva.

—¿Él cuida al bebé? —pregunto.

No me gusta Mark. No puedo explicarlo más allá de que me cae mal, pero los dos están comprometidos, y no quiero ser la amiga que le diga que cree que el hombre con quien se va a casar no es para ella.

¿Por qué no pueden ser sus padres o su hermana? Cualquiera menos yo.

Sé que soy una amiga horrible.

—El bebé tiene casi tres años, y tiene nombre, Bay —Hannah se ríe. Se cambia el uniforme ya que nuestro turno ha terminado, y coge su móvil de la taquilla. —¿Has visto las fotos de Bay? Dios mío, está haciéndose tan mayor, tienes que ver cuánto ha crecido, y sí, Mark está cuidando a la niña.

Me pongo mis zuecos negros, y ella me pasa su móvil, desbloqueado para ver sus fotos. Hago clic en su galería de imágenes y navego por todas las fotos porque tiene muchísimas. Me desplazo por las más recientes y voy retrocediendo hasta las fotos de recién nacida.

—Más te vale no tener fotos desnuda aquí —digo mientras paso rápidamente por las fotos de su móvil.

—No hay nada que no hayas visto, y no, Mark es un poco puritano.

—Qué pena. —Dejo de deslizar sus fotos y se me cae su móvil.

—¡Madisyn! Si rompes mi móvil, vas a pagar para que lo sustituyan. —Hannah me da un puñetazo en el brazo.

Me inclino y recojo su móvil. Afortunadamente, la pantalla no se rompe, y el *smartphone* sigue en perfectas condiciones.

—¿Quién es este tío? —pregunto, mostrándole el selfie de ella con Luka. Lo que estoy preguntando es cómo lo conoce.

—El padre de Bay. Mi ardiente rollo de una noche —dice y pone los ojos en blanco, arrebatándome el móvil—. Debería borrar esa foto, pero pensé que Bay querría verla algún día.

—¿Y no está en la vida de Bay? ¿Por qué? —pregunto de nuevo.

—El muy capullo me dio un número falso, y no trabajaba en el bar como me hizo creer. Ni siquiera sé si Luka es su verdadero nombre. Es lo mejor —dice, con voz apagada como si intentara convencerse a sí misma de que es más feliz.

Excepto que sé que no lo es. Está comprometida con un hombre con el que ni siquiera quiere casarse. Exhalo bruscamente. Como su amiga, le debo la verdad.

—Lo conozco, Hannah. Trabaja con Mikhail. Se llama Luka Ivanov.

El color desaparece de su rostro.

––––––––

Gracias por leer Brutal Boss. ¡Espero que hayáis disfrutado de la historia de Madisyn y Mikhail! Continúa la aventura con Hannah y Luka en <u>Wicked Boss</u>.

Hay una oscuridad que lo rodea, y debería mantenerme tan lejos de Luka Ivanov como sea posible.

Hace tres años, di a luz a una niña después de una escapada borracha con un misterioso camarero ruso, Luka.

Al menos pensé que era el camarero.

Cuando volví para decirle que estaba embarazada, nadie sabía quién era.

He seguido adelante... ¿Qué otra opción tenía?

La boda se acerca rápidamente, y estoy comprometida con Mark, un hombre al que no amo. No me malinterpretes; es dulce y amable, pero un poco demasiado empalagoso para mi gusto. Prefiero a mis hombres más siniestros, retorcidos y con un poco de mordiente. Mark es lo más soso que existe.

Pero me he conformado porque es lo mejor para mi hija, Bay. Ella necesita estabilidad, y quiero darle la mejor vida que pueda.

Cuando mi compañera de trabajo se topa con una foto de mi ardiente error, Madisyn confiesa que conoce al ruso que me dejó embarazada. Le ruego que nos presente, pero tiene que jurar no contarle mi secreto antes de que lo haga yo.

Wicked Boss es una novela romántica independiente con un final feliz. Es el segundo libro de la serie Bratva Brothers.

REGALOS, LIBROS
GRATIS Y MÁS REGALOS

Espero que hayas disfrutado de Jefe Brutal y que te haya encantado la historia de Mikhail y Madison.

Apúntate a mi boletín de Willow Fox

Si has disfrutado de Jefe Brutal, tómate un momento para dejar una reseña. Las reseñas ayudan a otros lectores a descubrir mis libros.

¿No estás seguro de qué escribir? No pasa nada. No tiene que ser largo. Puedes compartir cómo descubriste mi libro; ¿fue una recomendación de un amigo o de un club de lectura? Deja que los lectores sepan quién es tu personaje favorito o qué te gustaría que pasara después.

Gracias por leer. Espero que consideres la posibilidad de unirte a mi lista de correo para recibir libros gratuitos, promociones, regalos y noticias sobre nuevos lanzamientos.

SOBRE LA AUTORA

A Willow Fox le gusta escribir desde que estaba en el instituto (hace muchos años). Sus romances de pueblo reflejan la vida en un pequeño pueblo de la América rural.

Ya sea escribiendo romances o sentada junto a la hoguera leyendo un buen libro, Willow ama la magia de la palabra escrita.

Sueña con que la barran con sus pies y espera hacer eso con sus lectores.

Visita su página web en:

https://authorwillowfox.com

TAMBIÉN DE WILLOW FOX

Serie Táctica Águila

Expuesto: Jaxson

Sigilo: Mason

Oculto: Lincoln

Encubierto: Jayden

Matrimonios de la Mafia

Voto Silencioso

Voto Cautivo

Voto Salvaje

Voto Involuntario

Voto Despiadado

Los Hermanos Bratva

Jefe Brutal

Otros títulos de libros románticos disponibles en inglés, francés, alemán e italiano en shopwillowfox.com.